Heibonsha Library

# 内田百閒随筆



平凡社ライブラリー

Heibonsha Library

# 内田百閒随筆集

平山三郎編

平凡社

本著作は一九八一年五月に彌生書房から刊行された『現代の随想2 内田百閒集』を改題したものです。

表記は新かなづかいに改め、読みにくいと思われる漢字には適宜ふりがなをつけています。
また、今日では不適切と思われる表現については、作品発表時の時代背景と作品価値などを考慮して、原文どおりとしました。

# 目次

# 実益アリ

私は栄造《えいぞう》と申す。

旧友が神戸に住み、沙市《シャトル》、晩香坡《ヴァンクーヴァー》の間を往ったり来たりして貿易を営んでいたが、私の著書をいつも彼に贈ってやった。

「栄さんがくれる本は読めるけれど、いくら読んでも栄さんの書いた物には実益がない」

実益がなくても読んでくれたのは難有いが、彼は先年亡くなって、もういない。

亡友のお見立てに背いて相済まぬが、この稿では正に実益のある事を書こうと思う。

煙草の話であって、それに先だち、そんな事を云う資格があるか、ないかを明らかにしておく。

資格があると信ずる。私は幼少の比から煙草を吸っている。幼少と云うのは幼稚園に上がるよりまだ前の事であって、頭は昔のおけし坊主、そんなガキが長煙管《キセル》でふかり、ふかり煙を吹かしている。想っただけでも憎らしいが、事のわからぬ祖母やお守りの婆やは、それを見て可愛らしいと考えたらしい。

爾来口中から煙を吐きて七十年、一度も禁煙などした事なく今日に及んでいる。

明治の特別法、未成年禁煙令が出たのは、私がすでに十年の煙歴を積んだ小学校の当時であったと思う。法律ハ既往ニサカノボラズと云うのは、どう云う事かよく知らないが、そのお布令が出た時より前に私は喫煙者の登録を済ましていた様である。

初めは祖母の長煙管で刻み煙草を吸っていたが、後に紙巻き煙草を吸い出した。私の郷里岡山では、紙巻き煙草の事を「巻き葉」と云った。巻き葉を吹かすのはハイカラであり、又生意気だとも思われた。

勿論煙草が専売になる前の話で、その時分の紙巻きは村井、口附きは岩谷天狗の岩谷が有名であった。

サンライス、ヒーロー、ピンヘットは紙巻き。他に発売元は違うか知れないが、オハイオ、ランク、ホークなどを覚えている。

口附きは今の「朝日」の前身「菊世界」が一番よく出ていた様である。

私の資格を証明する為に、蘊蓄《うんちく》の御披露を試《こころみ》た。

さてこの資格、七十年の煙歴に物を云わせて、実益ある御伝授を致そう。

煙草を吸い過ぎてはいけない。節煙するに限る。

節煙法に二あり。その一つ。

先ず巻き煙草を手に取る。

だれでもその取り方、持ち方は大概同じ様で、食指即ち人差し指と、中指との間にはさんで口へ持って行く。

食指ト中指ノ間ニサシハサミ縦ニ三回振リテ余瀝ヲ残ササル如クスヘシ
これは煙草の事ではないが、それでは何の話かと、根掘り葉掘りお聞きにならなくてもいい。

煙草の話に戻って、その食指と中指の間にさしはさみたる煙草を口へ持って行く前に、火をつける。

口に持って行ってから、つまり、くわえてから火をつけると、この頃は余りいないが、口髭があれば毛が焼ける事がある。

だからその前に火をつける。その、火をつける順序を一寸《ちょつと》お待ちなさい。

我我は煙草が吸いたくなって、吸うつもりで一本手に取り、食指と中指の間にさしはさむ。

指と指の間にはさんだ煙草の触覚はすでに喫煙活動の一部である。その指ざわりを味わいつつ、何かやりかけている途中であれば、もう少しそちらを続ける。人と対しているのだったら、なお更そっちの相手になっていて、火をつける前の少しの時間を過ごす。

相手が気を利かしたつもりで、燐寸《マッチ》をすり、ライターを点じてお愛想をされると迷惑する。節煙の邪魔になるばかりでなく、そもそも煙草は吸い始めた最初の一口、二口が一番うまい。その大事な味わいを、手勝手のちがう他人がつけてくれた火で消されてしまう。

煙草を吸うつもりで手に取っても、すぐには火をつけない。これが節煙法の一つ。

その二は、吸いかけた煙草を、火が近くなるまで吸わない事。

もう一服と思うところで、まだ味が落ちない内に止めてしまう。それでは我慢出来ないなら、兎に角、先ず手に持っている煙草を捨てる事は捨てて、更めて新らしいのをもう一本取ればいい。

新らしく取った煙草は又食指と中指の間にさしはさみ、おもむろに点火して最初の一口二口を味わう。無駄だとか不経済だとか、そんな事を云っているのではないので、それは別の問題である。煙草を吸い過ぎない為の節煙法を説いているのです。

その外、食事中のお膳の前、又はお酒を飲みながら片手に杯、片手に煙草、こんな不行儀な話はない。その座の峠を越した後ならまだしも、最初から火をつけた煙草を振り翳《かざ》しながら、頻《しき》りに杯をふくむなど言語道断である。口中にひろがったお酒が煙を溶かして立派な毒液に仕上げ、いい工合にからだの奥へ流れ込むだろう。

# おからでシャムパン

お膳の上に、小鉢に盛ったおからとシャムパンが出ている。

シャムパンはもう栓が抜いてある。抜く時は例のピストルの様な音がして、抜けた途端にキルクの胴がふくれるから、もう一度壜の口へ差し込む事は出来ない。だからあらかじめ代りの栓を用意して、杯と杯の間はその栓で気が抜けない様にする。そう一どきに、立て続けに飲んでしまうわけには行かない。

お勝手で家の者がごとごと何かやっているが、お膳の前は私一人である。だれも相手はいない。猫もいない。尤も猫がいたとしても、お膳の上がおからでは興味がないから、どこかへ行ってしまうだろう。

相手がいなくても、酒興に事は欠かない。コップを二三度取り上げる内に、すっかり面白くなって来るから面白い。頭の中がひどく饒舌で、次から次へといろんな事がつながったり、走ったり、不意に今までの筋からそれたり、それたなり元へ戻らなかったり、そこから又別の方へ辷《すべ》ったり、実に応接にいとま無しと云う情態になる。傍にだれもいない方が面白い。

シャムパンの肴におからを食べる。

おからは豚の飼料である。豚の上前をはねてお膳の御馳走にするのだから、いつでも食べたい時に買いに行けばあると云う物ではない。少し遅くなると、もうみんな豚の所へ持って行ってしまって、豆腐屋の店にはなくなっている。その以前に馳けつけて、少少お裾分けを願う。

おからは安い。十円買うと多過ぎて、小人数の私の所では食べ切れないので、この頃は五円ずつ買って来る。

五円のおからでも、食べ切るには三晩か四晩かかる。

冷蔵庫から取り出したのを暖めなおしたのよりは、矢張り作り立ての方がうまい。

今晩そこに出ているのは、出来立てのほやほやである。中に混ぜた銀杏《ぎんなん》もあざやかな色で青青している。

盛った小鉢から手許の小皿に取り分け、匙《さじ》の背中でぐいぐい押して押さえて、固い小山に盛り上げる。おからをこぼすと長者になれぬと云うから、気をつけてしゃくるのだが、どうしても少しはこぼれる。その所為《せい》か、いまだにいろいろとお金に困る。

小皿のおからの山の上から、レモンを搾ってその汁を沁ませる。おからは安いが、レモンは高い。この節は一つ九十円もする。尤も一どきに一顆まるごと搾ってしまうわけではない。酢をかける所をレモンで贅沢する。それでおからの味は調っているが、醬油は初めから全く用いない。だからおからの色は真白で、見た目がすがすがしく、美しい。

私は食べてよろこんで賞味する方の係で、作る側の手間、手順、面倒は関知する所でないが、大分骨が折れる様である。

先ず五円でボールに山盛り買って来たおからを、水でごしごし洗うのだと云う。

そんな事をすれば、折角のおからが流れてしまうだろうと云うと、じかに水に入れるのではない、布巾にくるんで、その外から揉むのだそうで、その上で水を切ったおからを、今度は小鳥の摺り餌をつくる擂り鉢にうつし、れん木でごりごり摺る。

それから漸く味附けに掛かる。淡味を旨とし、おからに色がつかない様に気をつける。その為に、いろんな物を入れて混ぜる事は避けるが、この頃はまだ去年の秋の新らしい銀杏が手に入るので、大概いつも入れているけれど、その外にはどんな物が適当か。もうよしましょう。おからの調理法を説くのは私の任にあらざるが如し。前稿の節煙の話とは事が違う。

お膳の上のおからに戻り、箸の先で山を崩して口に運ぶ。山は固く押さえてあるから、箸の先に纏《まと》まった儘《まま》で、ぼろぼろこぼれたりはしない。又レモンの汁が沁みているので、おからの口ざわりもぱさぱさではないが、その後をシャムパンが追っ掛けて咽《のど》へ流れる工合は大変よろしい。

そろそろ頭の中が忙しくなるにつれ、そもそも豚は人の余り物を食う立ち場にいる筈なのに、今はこうしてそのお初穂を私のお膳に割愛してくれた、と考えた。更に溯れば、おからは人間が食う豆腐のかすの余り物かも知れないが、豚は豆腐とおからとどっちを選ぶだろう。私が豚だったら、おからの方をいただく。そうだろう、豚諸君、おからの方がうまいね。おからの成分は豆の皮であり、何物によらず皮のすぐ裏側はうまいにきまっている。

郷里の町外れの土手道に、五右衛門をゆでる様な大きな釜を据え、しじみを一ぱい入れてぐらぐら煮立てた。いいにおいがするので起《た》ち止まって見ていると、その内に釜の中へ棒を突っ込み、煮上がった蜆を引っ掻き廻して、貝と中身を別別に離した。

同じ事を何度も繰り返しているのだろう。すでに身と貝殻とを別別にしたのが道ばたに積んである。

それでどうするのかと思うと、うまそうな剝き身を空俵に詰め込み、豚の飼料にするのだと云う。

勿体ないと思ったが、中身は余り物であって、いらないから豚にやる。いるのは殻の方で、近くに出来たセメント工場に殻を売るのが目的であった。豚のおからの上前をはねる様に、しじみの剝き身の上前を失敬して来ればよかったが、昔の話で残念ながら間に合わない。

友人の家におめでたがあって、その披露宴に招待された。

出たくもあり、また出なければ済まぬとも思う。

しかし午餐なので、私にはその席に間に合う様に支度する事は困難である。

困難と云うよりは全然見込みはない。

なぜと云うに、皆さんが目出度く集まって来るその時刻には、年来の習慣で私はまだ寝ている。

時には起きるのが遅くなる日もあると云うのだったら、そう云う特別の場合は奮発してもいいが、そうでなく堂堂と、平安に寝ているので、決して惰眠をむさぼっているのではなく、つい寝過ごしているわけでもない。だからそれを無理に起きたり、起こされたりすれば、気分が悪くなり、面白くなくなり、お目出度い席へ出て、お目出度い顔なぞしていられない。

世間一般の人さまと寝起きが食い違うのは不便な事もある。しかし、だからと云って皆さんを私のする通りに寝かしておくわけには行きにくい。多勢に無勢、止むを得ないから、食い違った儘で起きている皆さんの立場を通し、私の方が譲ってお仲間からはずれる事にする。

即ちその午餐の披露宴には不参の御挨拶をした。

それで私は行かない事にしたが、しかし顔を出さなくてもお祝の微衷は示したい。

考えていて、いい事を思いついた。その席へシャムパンを贈呈しよう。

シャムパンは高い。

高いからその甲斐があり、そうする張り合いがある。

先ず予算を立てて見なければならない。幸いその披露宴の会場は、私の知っているホテルであり、懇意なボイがいる。彼を電話に呼び出して色色尋ねて見た。

当日の出席人員は幾人なるか。一本のシャムパンは幾人に注げるか。

それで大体の見当はついた。どうも非常に大変高い。

高くとも一たび思い立った事だから、実行したい。

ところがその友人には、先年私の家に困った事があった時、迷惑を掛けたのが、まだその儘になっている。

今度思い立ったシャムパンを実行すれば、その代金はまだ残っている不義理の数字より上になる。

そんな怪しからん祝意の表し方は、ある可きではない。自分のつもりの中で自粛するを要する。

昔、私は学生航空の餓鬼大将となり、飛行場に出て学生の演練を監督した。練習機は会長たる私の名儀であり、時時のオーヴァホールの後、逓信《ていしん》省航空局から出る堪航証明書も私の名前で下附される。

新らしく堪航証明書が下りた時は、船の進水式になぞらえて進空式を挙行する。

進空式には飛行機の機首にシャムパンを振りかける。

その縁起に使ったシャムパンは和製であって、振りかけた残りは会長たる私が、職権に依り飲んでしまったが、あまりうまくはなかった。

しかし、それは昔の話で、その後の日本の進歩と今日の贅沢を考え合わせれば、飛行場で味わった和製のシャムパンが、当時の儘でいる筈がない。

ホテルのボイの意見を聞いて見ると、よく宴会にも出されて、国産は国産なりの役目を果たしていると云う。

国産三鞭酒、これを以って当日のお祝いに充てるときめた。

初めに考えた本場のシャムパンの、大体三分ノ一程度のお金で済んだ。安かったけれど、うまかったか知ら、といくらか気に掛かる。御馳走によばれて、財閥の倶楽部で飲んだ本場のシャムパンのうまかった事。又つい少し前、今度のこの同じホテルで抜かした、矢張り本場のシャムパンの実にうまかった事。しかし、高いのは覚悟の前であったが、その覚悟の目の玉が飛び出す程高かったので、高かったが故に後味が一層うまかった様な気がしたりしたが、国産の和製品はいかがなりしか。

考えている内に思えらく、人に物を差し上げて、差し上げた本人なる私がその味を知らぬとは、これは、何と云う不都合な話だろう。本来なら、先ずこちらであじ見した上で差し上げる可きではないか。済まぬ事をした。済まぬ、済まぬと悔い改め、早速近所の酒屋にその同じ銘のシャムパンを誂えた。国産品だからその辺の酒屋ですぐ間に合う。

就いて試るに、大変うまい。そのうまきに驚くばかりうまい。練習機の機首に振りかけたのは昭和の初めの頃であったが、遠くなったと云うのは明治ばかりではない、昭和の初めももう遠い。あの時のあんな味は、時の流れに洗い流され、今日の味は正にかくの如きか。感心の余りがぶがぶ飲んだ。それが病みつきとなり、しばしば食膳に金紙の頸巻きをした壜が伺候し出した。

これに依っておからとの出合いが始まる。

おからとシャムパンの併進を述べるつもりで、その文題を掲げたが、進行中に両者離れ離れになってしまった。更に一章を設けて食っつけてもいいけれど、もうやめときましょう。

ただ、山盛り一ぱい五円のおからと、高価なシャムパンと、その話かと思ったら、何だ和製か、と馬鹿にしてはいけない。税関を通らないから本場のよりは安いが、安いと云っても矢っ張り高い。いくらおからをこぼさぬ様意を用いていると雖《いえど》も、こうしげしげとシャムパンが顔を出しては、長者にはなりにくい。

# 聯想繊維

目があって、からだが真っ黒で、頭から尻尾までの長さが、せいぜい一寸五六分ぐらい、木綿針程の小さな鰻の話をしようと思っている、と云う事を前以って掲げておかないと、途中で何を云っているのか、自分にも解らなくなる恐れがある。

ヴントの心理学で謂う聯想繊維、アソシエーション・ファイバーの糸が、千切れてしまったならそれでもいいが、つながったなりに縺れたり、鉄道のループ線の様に輪になってもう一ぺん元の所へ戻ったり、話と云うものは中中前へ進行しない。

「早い話が」と云うけれど、それでは結局何の話だと云う事になれば、そこで出ばなをくじかれて後が続かず、早いも遅いもなくなってしまう。

私がよく云う「話を散らかす」のは、実は止むを得ず、散らかるにまかせているだけの事で、わざと構えてファイバーを揉みくちゃにしているのではない。

昔、学校の先生をしていた時、学年末になれば及落会議がある。私は独逸語の担任だったので、独逸語はどこの学校でも落第が多いとされていたが、私も随分落とした。

しかし正確に云うと、落とした、と云うのは当たらない。落としたのでなく、落ちるにまかせたに過ぎない。散らかすか、散らかる儘にまかせるかと云うのと同じ事である。

元来及落を決定する基準はちゃんとあるので、それに従って処理するなら、事は極めて簡単であり、事務員の手で片附けられる。物物しく教授会議などを開いて甲論乙駁、わざと事を面倒にするには及ばない。

ただその基準の儘に筋を引いたのでは、あまりに落第が多くなり過ぎる。そこでいろいろ他の事を考え合わせ、表向きは落第にきまっているその成績表に何とか色をつけて、落ちるにまかせず、幾人かを掬い上げる。

私が独逸語で随分落としたと云ったが、私が手を出して突き落としたのではなく、手をこまぬいて彼等が落ちるにまかせただけの事である。当時の落第生、それ恨むなよ。

及落会議はいつでも議論が紛糾する。先生と云うものは職業教育者であるから、人の子が及第しようと落第しようと、そんな事に深く関与せず、規程に従って処理すればよさそうなものだが、その場になるとそうは行かぬらしい。

朝から会議をやっていて、話がもつれて中中埒があかない。お午《ひる》が近くなり、お午を過ぎても切りがつかない。

会議の時は大概学校から食事が出る。もう仕出し屋から来ている筈だが、議長の先生はまだお午の休憩を宣しない。

先生に二種ある。肺病型と腎臓病型と。

肺病系の先生は痩せていて、腹がへるとイライラする。怒りっぽくなり、目つきがすごくなって来る。

腎臓系は多くはふとっていて、おなかがくちくなると万事大儀になり、瞼は重たく、諸事面倒臭い。何でもかでも、どっちがどうでも構わないから、いい加減でよしちまえ、と云う気持になる。

私の友人に肺病系の先生がいて、京都の大学で教授会議の時、矢張り議論が長引いて午飯の時間を過ぎ、腹がへって、腹が立って、問題になっている学生を、問題にならぬと片づけてしまった。

それで会議が切りになり、空き腹にうまい仕出しの弁当を食べたら、全身ほっこりして、ほかほかして、いい心持になって来た。肺病系はおなかがよくなると、目附きもやさしく、穏やかになり、からだじゅうで御機嫌がよくなるらしい。その友人思えらく、さっきの学生は可哀想な事をした。もう少し何とか決定を延ばして、午後の、これから後の議題に残してやればよかった。

しかし、すでに議決した事ではあり、既決の記録になってその係へ廻ってしまった。悪かったと思ったそうだが、先生の腹がへっていた為にその学生は学生生活の年季を一年延ばす羽目になった。

それはいいけれど、よくはないので、昔の落第学生がなぜ落第したかなぞ、そんな因縁話にかかり合って、便便と散らかるにまかせていては、木綿針ほどの小さな鰻が育ってしまう。要するに、意志が弱いから、或はだらしがないから、締め括りがつかない。「白魚」と書いた二字を何と読むか。

なぜだか、この頃頻りに白魚が話題になっている様である。白魚は「しらうお」ところがそれとは別に「しろうお」とも読むと云う。

そうしてこの二つは別別のものであって、学問上の分類もちがうそうである。

東京佃島の「しらうお」は、もとからの名称であるから解っている。

「しろうお」の方は備前岡山の白魚の事を云っているらしいが、それなら私の郷里であるから知っている。しかし「しろぅお」ではない。「しろいお」である。そうでないとアクセントの関係で、発音の上でも云いにくい。足の底豆の魚の目も、岡山では「いおの目」である。何でも対にならないと面白くない。岡山の白魚に対して赤魚がある。矢張り「あかいお」と読む。

児島湾内の沿岸の泥の中にいたらしいが、今は干拓されているので、どうなったか知らない。

白魚よりは大分大きい。丸箸を半分に折った位の、みみずの様な形をした魚で、鈍い赤色、余り気持はよくない。

骨ごと叩いて団子にして、「あかいお団子」の汁として賞味する。

「しろいお」の白魚を捕る漁夫は、寒明けの前後から早春にかけて、空に月が残っている夜明け前の、水が切れる程冷たい大川の川口に近い流れに這入って網をおろす。

水につけた脚が凍る思いをして、流れの中で朝を迎える。網に入った獲物はせいぜい四合か五合、何匹何匹と数をかぞえる程しかいない。

だから、走りの初物の白魚は非常に高価であった。子供の時の事でよくわからないが、明治三十年代の諸物価の中で、一匹一銭何厘から高い時は二銭ぐらいもした。

明治の末頃東京に出て来たが、その季節になると東京の魚屋でも白魚を売っているのを見て、あんまり安いのでびっくりした。その東京の「しらうお」と郷里の「しろいお」とは別の物である事を当時は知らなかった。

空に月のある未明の川口で捕れる「しろいお」には、しかし、雄も雌も交ざっている。ところが本当に吟味するとなれば、雄ばかりでなければいけないそうで、それを僅かばかりしか捕れない網の中の獲物から選り分けては合わない。

雄ばかりの白魚を捕るには別の漁法がある。

「昼川の白魚」と云う。どう云うわけなのか知らないが、その季節になると、雄ばかりの白魚の群れが列をなして、川の右岸、即ち川口に向かって右側の岸辺を上流に溯って行く。昼間の明かるい内に限るそうで、だから昼川と云う。

私が東京に出て来た後、わざわざその昼川の白魚を送って貰った事があるが、どうかすればおなかが大きくなっている子持ちの白魚などより、うまい事はうまかったが、うまいと云ってもあんな小さな魚で、丸で細長い水のかたまり見たいな物の、どこがどううまいと云う事は云われない。

しかし、その無味な、どこに味があるかわからない所に「しろいお」の味がある事は解っている。

水のかたまり見たいな魚と云えば、白魚の外にもう一つ思い出すのは「べらた」である。「べらた」は鰻の子だそうで、孵化した後の最初の形態は柳の葉の様な恰好の、無色透明、矢張り水のかたまりその儘の小さな魚である。

初夏の頃がその季節で、芥子酢味噌に萵苣《ちさ》の葉を添え、生のままで食べる。白魚よりは味の在りかがはっきりしている様である。

私の好物の一つであったが、ハレー彗星の出た年に東京へ笈を負って以来、その後一度も食べた事がない。東京では手に入るのか入らないのか、それも知らない。

べらたは川口に近い海中で、突然変態して、小さな鰻になるらしい。べらたの姿を捨てたその鰻は、もとのべらたの大きさの何十分の一にちぢまり、まとまり、はっきり目があって、からだが真っ黒で、木綿針ぐらいの大きさになり、列をつくって川を溯る。

私は偶然その小さな鰻が水際の川砂が浅くなった所を伝って、何百だか何千だか、黒い細い帯の様に群れをなして川上へ登って行く所へ出くわした。

私がなぜその時、川ぶちに降りていたかと云うに、あの辺の地質は大体御影石、即ち花崗岩から出来ているので、川砂も泥でなく、さらさらして白く美しい。

川岸の水際の砂はきらきら光って、中に砂鉄が沢山交ざっている。磁石を持ち出し、砂の中の砂鉄を取るのが面白くて、時時そこの川べりにしゃがみ込んだ。

その頭の上の土手の向うは県立商業学校で、門には御影石の門柱が立っていた。見馴れたその門柱が、或る日通り掛かりに見ると、真新らしい木の柱に変っている。どうしたのかと思ったら、東京から文部省の役人が来て、市内の学校を視察した。その際、県立商業学校は中等学校である癖に御影石の門柱を立てているのは贅沢だと叱った。

忽ち校長恐縮し、或は県庁の方でそうしたのかも知れないが石の柱を倒して角材の木柱にした。

御影石が豊富で安いから、どぶ板も鉄板や木の板でなく御影石を使う。それを御存知ない東京の役人が一言何か云ったと云うので、あわてて持ちの悪い木柱に取り替え、以って御機嫌を取り結ぼうとした。その心事の陋劣なる、と若い時なりに憤慨した。

その御影石の砕けた川砂の中に磁石を突っ込んで掻き廻すと、面白い程砂鉄が取れる。

磁石は町内のきぐすり屋で買った。生薬屋がなぜそんな物を売っていたか、わからないが、生薬屋の店には天井裏から、みみずの干した束がぶら下がって居り、店先の水を張った壺には、うじゃうじゃする程蛭がいる。ひるは裸で蓮池の泥の中に這入って蓮根を採る男の、腰から股にかけてまびれつき、血を吸って血ぶくれがしている。

寒月を戴いて冷たい川に入り、白魚を掬うのも、泥池で蛭に血を吸われるのも、どちらも商売なら止むを得ない。だれだって同じ事。生薬屋の蛭はそう云う男から買い取ったのだろう。

天井裏のみみずの干物はアスピリンの代用、ではなくアスピリンがみみずの成分を手本にしたのだそうだが、もうそんな事は云っていられない。よろよろ、よろけながら繊維の糸を伝ってやっとここまで戻って来た。磁石で砂を掻き廻している目の前に、木綿針ほどの小さな鰻の群れが、小さいながら、はっきりした輪郭で、この大川の矢張り右岸を、川上の方へすいすい進んで行く。

彼等はこの川の源をきわめ、それからどうするのだろう。話に聞くと、雨でも降っていれば川から上がって、水溜りを伝いながら、山間の池や沼へ這入って行き、又は支流を辿って列から別かれ、銘銘そこで大きく育つのだと云う。何だか人間の子供の事を聯想し、鰻の子が可愛くて仕様がない。

# 我が酒歴

去年の暮の酒屋の総〆を見たら、お酒が年間百五十何本。よく召し上がりますなあ、とおやじさんが云った。私一人で飲んだわけではない。お手伝いもある。しかし実はそれは大した事はない。そんな事を云い立てれば、あまり外へは出ないにしろ、全くよその酒を飲まないわけではない。それはこの計算に這入っていない。

のみならず、盆、暮のお中元お歳暮、年が更まってからの、年賀に貰うお酒などが一寸胸算用して見ても二三十本はある。但し、貰ったお酒の銘が一一私の気に入るとは限らない。そう云うのは酒屋で私の常用の口に代えて貰う。その手間は酒屋のサアヴィスで、ただだから勿論右の百五十何本の計算外である。それで考えて見ると、年間に私の咽喉を流れ過ぎるお酒の量は大体百七八十本、一石七斗か八斗ぐらいの見当だろうと思う。

よく召し上がると云われればそうの様でもあり、一人前の酒飲みかとも思うけれど、大した事はないと云えば又その通りで、苟《いやしく》もお酒を飲むと云う以上、その日その日の多寡はあっても、通算すればだれだってその位は飲んでいるかも知れない。ただ自分はどの位飲んだかと云う年間の量の計算なぞして、変な所に気を遣う者はいないだけの話である。

なぜ私がそんな事を気にしたかと云うに、私の所の酒屋はつけになっている。尤も酒屋と云っても東京の酒屋は、酒類一般の外に、味噌醤油は勿論、各種の食料品、缶詰類から荒物屋の領分の帚はたき塵取りまで売って居り、昔、市ヶ谷合羽坂にいた時は、近所の酒屋から浴衣を買った覚えもある。今の酒屋も店にいろんな物が置いてあって何彼と間に合うが、つけになっていると云うのは清酒と麦酒だけで、他は一一その場でお金を払う。葡萄酒もウィスキーもみな現金で買う。

つけにしたお酒や麦酒の代金は、じきにたまって相当な金高になるが、その酒屋とは長い取引きなので、支払いにはこちらの都合や我儘を通してくれて月月払うと云うわけではない。月末とか何の日とかと云う事に関係なく、つけが大分たまった頃に、或る纏まったお金を内払いする。その内払いを一年の内に何回か重ねて行く。たまには一ヶ月の内に二度払い込む事もあるが大体は一ヶ月毎と云う割りにはなっていない。だから日が経つに従って、払ったお金よりも残っている方が段段に嵩んで来る。そうして歳末を迎えるから、大晦日前には一年間の総計の清算をしなければならない。年間にお酒を百何十本、一石何斗飲んだかと云う数字が、いやでも私の眼前に現われて来る。それに目をつぶるわけには行かない。

いつ頃から飲み出したかと云うに、お酒は学校を出てから、麦酒は高等学校の初年級の頃から味を覚え始めた。子供の時に父が飲んでいるコップから一口なめて、にがいので驚いた記憶が残っているが、高等学校に這入る年頃になってからは、そのにがい味の中に、もっと味わいたいもののあるのが解り出した。当時半罎で売り出したミュンヘンビールと云うのがあって、にが味も薄かった。それで麦酒の味を覚えようとしたが、半罎一本あけるのに骨が折れた。

その時分、友達と二人で普通の大罎を一本飲もうとしたが、到底飲めないので、半分許《ばか》り残して栓をした。その時の麦酒の肴は大手饅頭である。饅頭で麦酒を飲むのはおかしくても、今でもお酒の後の麦酒に大手饅頭なら時時やらない事もない。

麦酒の飲み始めはその程度であったが、忽ち長足の進歩を遂げて、大学を出る前には一どきに半打飲める様になった。飲み出したら、六本飲み終る迄、途中で小便に立たないと云うのがその時分の私の自慢であった。

お酒は学校を卒業するまで飲まなかった。それは祖母の訓戒に従ったのである。私の生家は造り酒屋であったが、父の代に家産が傾いて到頭潰れてしまった。父が酒飲みであったので、それを目のあたり見た祖母が、だからお酒を飲んではいけない、学校を出る迄は決して飲むなと戒めた。しかし麦酒なら少し位飲んでも構わないだろうと云うお許しがあったので麦酒を飲み習ったが、実は祖母は麦酒と云う物を、家にある事はあったけれど、飲めばどうなると云う様な事はよく知らなかったのだろう。

父はお酒を飲んで家を潰したと云っても、お酒で家は潰れやしない。酒屋の主人だから、飲むなら家にお酒はいくらでもある。しかし酒屋の主人は自分の家の酒は飲まない。外へ出て、よその酒を飲む。茶屋酒の方がうまいだろう。そうなるとお酒だけの事ではなくなる。お金も随分使ったに違いない。放蕩と云う事になれば影響は大きいが、それでも茶屋酒や放蕩の為に、ちゃんとした一軒の店が、そう安安と傾くものではない。放蕩は放蕩、商売は商売と、きちんとしたけじめが立っていればやって行けない事はない。茶屋酒や放蕩は倒潰の直接の原因ではない。しかしそう云う事の為に、家をあける事が多くなり、お店が留守になる。肝心の商売の方が奉公人まかせと云う事になって来ては、直接の原因ではなくても、その間接の原因が命取りになる。内を外にする父の留守を預かった番頭に面白くない事が続き、特に父のお気に入りだった若い番頭の遣い込みで店の傾斜がひどくなった様であった。

間接にしろ、お酒を飲めばそう云う事になるとすれば、矢張りお酒はいけない。まだ学校にいる勉強中からお酒の味を覚えてはいかんと云う祖母の戒めは尤もである。私は之を守ってお酒の味を知らずに学校を出た。

さて学校を出たから、大っぴらにお酒も飲み出した。まだ祖母は達者であったが、もう何も云わない。私は初め陸軍士官学校の陸軍教授を拝命した。俸給は少いけれど、そうしてその為に随分貧乏はしたけれど、祖母を初め家族を養って行く月給取りになったのだから、少少お酒を飲んでも何も云われる筋はない。

しかしお酒は飲んでもいい身分になったとしても、それだからと云って急にお酒の味が解るものではない。矢張り学生時分からの続きで、麦酒の方がうまい。貧乏していながら、或はそれだからますます貧乏したに違いないが、家では毎晩の様に麦酒を飲んだ。

二三年経った頃、初めはだれに連れて行かれたのか思い出せないが、銀座の地蔵横町の三勝と云う縄暖簾《なわのれん》を教わって、そこで酒の味を覚えた。

地蔵横町と云うのは、今はどうなっているか知らないが、銀座四丁目、即ち尾張町の四ッ辻から木挽町の方へ向かう道の一寸行った左側に狭い路地があって、それを突き抜ければどこへ出るのか知らないが、どこかにお地蔵様があったのだろう、その路地が地蔵横町である。

表通から這入って行くと、じきに左側に三勝の縄暖簾が懸かっていた。高等縄暖簾と自称し、或は表にもそう書いてあったかも知れない。

よくはやった店で、いつでもお客がこんでいた。季節によって、からすみ、このわた、がざみなどを出し、お酒は白鶴の一点張りでお燗の加減が店の自慢であった。お客が早くしてくれとせっついても、お燗番のおやじさんが見たお銚子の肌で、気に入る迄は決してよこさなかった。近くの築地に灘の加納の倉があって、その倉から出た樽でなければ使わないと云った。

お客がいる土間の横の上り口に長火鉢を据え、銅壺《どうこ》のお湯でお燗をした。客がこんで間に合わなくなると、火に掛かっている鉄瓶を火から下ろし、暫らくおいてから銚子をつける。

土間が一ぱいで掛ける所がなかった時、もう大分懇意になっていた私は、靴を脱いで長火鉢の傍に坐り込んだ。早く飲みたいので、そこにあった燗徳利を自分で取って、火に掛かっている鉄瓶につけたら、おやじさんが、駄目です。そんな事をすると味が無くなりますと云った。

しかしもうつけたものだから、その一本だけはそれで飲む事にした。飲んで見て、こんなに違うものかと驚いた。その場で受けた実地教育で、お酒の飲み方、味わい方が少し解って来た。私のつけたお燗はぎすぎすして、突っ張らかって、いつもの様なふっくらした円味は丸でなくなっていた。

地蔵横町の三勝のお蔭で、どうやらお酒の味が解り出した様である。その店に惚れ込み、しょっちゅう出掛けてお酒の手を上げた。飲んでいる内に雪になり、段段積もり出した事がある。人力車を呼んで貰って、銀座から小石川まで雪の中を帰って来たが、後でその俥は空俥になってから、雪の積もった中をどうやって帰って行ったかと気になった。

大分長い間通ったが、その内に三勝は銀座の店を仕舞って郊外の吉祥寺の森の中に翠紅亭と云う小料理屋を始めた。一度子供を連れて吉祥寺公園に行き、翠紅亭に立寄って衣被《きぬかつ》ぎで一献して来た事がある。帰りに電車の中で雷が鳴り出し、こわいのでその儘電車を降りずに有楽町まで来て、高架線のすぐ傍の有楽座へ逃げ込んだ。有楽座には天勝一座の手品が懸かっていた。

その時分の有楽座は今は跡形もない。有楽町の高架線から手が届く程の近くに建っていたので、もと在った所は高架線と今の日本劇場の間の道路になっている辺りの見当である。

その時子供と一緒に見た手品は、子供には合点が行かなかったかも知れないが、私にも合点が行かなかった。舞台の上で幾人か列《なら》んで踊っているのが、見ている内に首が胴体から離れてばらばらになり、首と胴と別別になったなりでまだ踊っていた。

地蔵横町は大正十二年の大地震の後、その路地もなくなったのではないかと思う。その後あまりあの辺りを歩いた事もないし、よく知らないが、だれかが今はそんな横町はないと云った様な気がする。

三勝でお酒の味を教わってから、私は酒好きになり、酒飲みになり、家でも晩酌にお酒を飲み出した。しかし麦酒も止めたわけではない。家では常に併用したし、外で飲む場合は麦酒の方がよかった。特に今度の戦争の気配でいろんな物が不自由になった際、たまの配給以外に麦酒を手に入れるのが困難になってから、無い物ねだりの気持も手伝って、ますます麦酒が飲みたかった。

列車食堂の定食時間中、一コース四十五分が終らない内に麦酒を三本飲んでしまうのは少し忙しいけれど、それで時間が食み出さない様に私は片づけた。二本なら、らくに飲めるし、少し足りないけれど先ず我慢出来た。一本しか出してくれなくなってから、私はボイに平身低頭して、せめてもう一本だけ何とかしてくれと頼んだが、御時勢でそうは行きません。この列車は上りの場合神戸で四百本積み込んだものですが、今は百本がせいぜいですと云って、取り上げてくれなかった。

戦争になってから、私の行きつけの床屋の若い職人が兵隊に取られた。送別の為、神田の古い看板の牛肉屋で御馳走してやった。お酒麦酒の窮屈な事はすでに承知しているから、家から飲み料の麦酒をさげて行ったが、まだ足りないのでもう一本出させた。それには応じたけれど、更にもう一本と頼んだら事が面倒になった。係りの女中が、そんなに仰しゃるならと云って引き下がったが、それっきり埒があかない。その時私が手洗いに起《た》って廊下を歩いて行くと、女中溜りの様な所の前にさっきの女中が起って何か云っている。中から女中頭らしいのが声を尖《と》がらして云った。ほってお置きよ、くせになる。

空襲警報の鳴り響いている中を、麻布の先まで配給の合成酒を貰いに行った。四合足らず這入った罎を抱えて帰って、お燗をして飲んだ味は忘れられない。戦争のお蔭でお酒にも麦酒にもそれ迄知らなかった味のある事がわかった。

戦後はお酒麦酒の内、今でも併用しているけれど、お酒の方を沢山飲み出した様である。一つは歳の所為もあるかも知れない。しょっちゅう飲んでいて大体その量は一定して来た。飲みたいだけ飲んで、そう羽目を外す事はない。欲する所に従って矩《のり》を踰《こ》えない趣きがある。踰えなかった合計が年間一石七八斗である。

顧れば麦酒は大体五十年、お酒はそれより何年か短かいが、初めの内は勿論毎日飲んだわけではない。しかし学校を出てからは、即ちお酒を飲む資格を得てから後は、殆んど欠かした日はないだろう。杯かコップかを手にしなければその日と云う一日が経たなかった様である。

お酒の四十何年、麦酒の五十年、欠かした日はないと云っても、そうは行かなかった時期がある。戦前の逼迫《ひっぱく》した期間、それに続いた空襲中は、餓鬼の様な気持で欲しがっても、世間に無い物を手に入れる事は出来なかった。敗戦後の方が寧ろ事情は緩和した様で、どうにか日日をつないで行ける様になった。甲州葡萄酒から採った甲州ブランデーをお酒の代用にして随分お蔭を蒙った期間もある。

無い物は仕方がない。手に入らなければ飲む事は出来ない。だから飲めなかったのは別として、自分で飲むのはよそう、飲むまいと思ったのは、長い過去の記憶の中にただの一日しかない。大地震の何年か前、大森にいた同期の卒業の飲み友達の所へ出掛けて行って、我我は毎日お酒を飲んでいて、飲み過ぎると思う。もうよさなければいけない。君もそう思うかと談じ込んだ。

彼は忽ち賛成して、僕もそう思っていた所だ。それでは今日限り止める事にしよう。その手始めにこれからお酒麦酒なしの晩餐をしようと云う事になり、連れ立って新橋駅の階上に上がった。

大地震で潰れる前の煉瓦建ての新橋駅に東洋軒の食堂があった。ナプキンを膝にひろげ、物物しく晩餐を食べた。ボイがお飲み物は、と聞くから、一言簡単に「炭酸水」と云った。終って大森に帰る彼と別かれた。その晩一晩だけで、後は何でもなかった。彼もそうだったそうで、次の日からはもとの通り、結局おかしな事を思いついて炭酸水で御馳走を食べただけに終った。

右の一事件を除けば私の永年の酒の履歴の中に、禁酒と云う項目はない。考えた事もない。森田草平さんは時時思い出した様に禁酒の宣言をした。よく出掛けて行って御馳走になったが、宣言中はこちらで敬遠して近づかない事にした。又別の時には葉書にその旨を印刷し、堅く誓ってあまねく宣言せられた事もある。何かきっとお酒の後で、あのしくじりはお酒の所為だと思う事があり、その後悔をお酒にかぶせて解決するのだろうと思う。禁酒と云う事はそう云う役に立つ。

しかし病気などで飲めないから酒を断つのは所謂禁酒ではない。飲めないから飲まないのは、無いから飲まないのと似ている。飲めるのに、飲みたいのに飲まないのが禁酒だろう。飲みたい方が本体だから長続きはしない。草平さんの禁酒は何度宣言しても、いつも一週間か、せいぜい十日ぐらいしか持たなかった。

又もう一人の酒友は、矢張り印刷した葉書で禁酒の宣言をよこし、同時に禁酒会の会長に就任した旨を知らせて来た。会長になる位だから余程その方の経歴がえらいと思いたいけれど、禁酒し立てのほやほやでどうしてそんな事になるのか。その決心をするに就いての克己心のなみなみならぬ点を買われたのか、よく解らなかったが、その後会った時、私共の仲間に伍して普通に杯を空けている。おやおやと思ったが御当人はにこにこしながら御機嫌がいい。杯を空けて、置いて、又空ける。その杯の合い間合い間に禁酒が成立すると云う事も考えられる。この方式に従えば、禁酒は長続きがする。

私は昔から禁酒を考えた事がない、今は飲みたいだけ飲んで大して矩を踰える事もない、と云えば大変聞きなりがいいが、自分がそう思っている事を自分でその儘信じていいか否か疑わしい。相手がお酒の事だから余り大きな口は利かない方がいいかも知れない。差閊《さしつか》えのない所だけが記憶に残って、都合の悪い事は都合よく忘れてしまったと云う事もあり得る。

しかし要するにお酒麦酒は大した事はない。自分に備わった酒量に従って、おいしくお行儀よく飲んでいればいい。ところがそれ以外の種類の酒でうっかり羽目を外すと後悔の種を遺す。

昔、若かった時、列車食堂の晩餐の食卓で、抑《そもそ》もこうしてコースに従って食事しながら、お酒を飲んだり麦酒をあおったりするのはお行儀が悪い。葡萄酒にしようと思い立った。船来の葡萄酒の大罎が四円五十銭、その半罎が二円五十銭。半罎でも二合足らずあるらしい。その小さい方を註文し、炭酸水と共に一本あけてしまった。口先、咽喉を通る味はよかったが、食後の気持が悪くて、座席に帰った後、汽車に揺られるのが不安である。その癖酔ってはいるので、一方の気持との調和がうまく行かない。青い顔になったかも知れない。矢っ張りお酒か麦酒にしておけばよかったと後悔した。

しかしその時はそう云ういやな酔い方を経験しただけで何事もなかったが、それからずっと後の昭和十四年か十五年に文藝春秋の永井龍男さんと郵船の鎌倉丸で神戸まで行った事がある。船中の晩餐の後、二人でバアに行ってこれから更に飲もうと思っている時、広間で映画が始まり、永井さんは一寸見て来ると云ってそっちへ行ってしまった。

私は見たくないから行かなかった。永井さんにもおよしなさいと云って引き留めたが、彼は仕切りに引いた黒い幕の向うへ這入って行った。

バアに一人残って葡萄酒を飲んだ。非常にうまかったので、がぶ飲みをしたらしい。どの位飲んだかわからないが、酔って来たので、その勢で又ウィスキーを飲んだ。しまいには葡萄酒の中へウィスキーを入れて飲んだらしい微かな記憶がある。大分経ってから映画が終って永井さんが出て来た時は、べろべろになっていたかも知れない。

それから永井さんとどうしたか、相手が出来て又飲み直したかどうか、それは覚えていない。

自分の船室に帰って、壁際の長椅子に腰を掛けてからの事を思うと、よくその儘にならなかったと恐ろしくなる。全身の力が抜け、魂も抜け、虚脱の状態で、しかしそうしてはいられないので、夜明け近く迄気を遣った。私の長い酒歴の中で思い出すのもいやなのはこの鎌倉丸船中の一夜である。

強い酒を飲んで酔うのは外道である。清酒や麦酒なら酔ってもそれ程の事はない。しかしお酒にしろ麦酒にしろ、飲めば矢張り酔う。酔うのはいい心持だが、酔ってしまった後はつまらない。飲んでいて次第に酔って来るその移り変りが一番大切な味わいである。

お酒を飲んでいるのに酔わない。廻りが悪いと云う事もたまにはある。気持のいいものではない。矢張りふだんよりは少少馬鹿になる程度の利き目がお酒の徳であろう。去年は一月の中旬から二ケ月にわたって病気したが、その間もお酒は一日も欠かさなかった。お酒を飲んでもいい、寧ろ飲んだ方がいい病気なので、百薬の長なるお酒が頓用として役に立ったのである。しかし身体に病苦があって、それに処する為のお酒では飲んでいい心持に酔うと云う事はない。暫らくすると口の中が酒臭くなり、それが気にさわる。今年は病気していない。去年の事を思うと毎晩のお酒が一層うまい。

さて、この拙稿を読んで下さった読者に一言釈明しなければならぬと思うのは、酒歴を述べるのだからお酒の話ばかりで、読んだ目が酒臭くなるかも知れないがそれは看板に掲げた事だから仕方がないとして、ただ四十年五十年にわたるお酒を談じながら、何の椿事も葛藤も起こらず、人の出入りも女出入りもない。なんにもなくて、つまらないと思われたなら、それは即ち私のお酒のお行儀がいい事を示すものだと云う点をお汲み取り願いたい。

# 昼はひねもす

## 一　昼はひねもす

昼はひねもす寝ているので、その日のお天気はわからない。夕方暗くなりかけてから目をさまし、家の者に今日はどんなお天気だったか尋ねる。雨がざあざあ降っていれば雨天だと云う事がわかるけれども、そうでなければ曇っていたのか晴れだったのか、薄日か薄曇りか、中中要領が得られない。ぐうすら寝ていた癖をして、後から根掘り葉掘りそんな七六《しちむ》ずかしい事を問い詰めたって解るものではないと突っぱねられる。

生れは田舎の市中であったが、市中と云っても町外れに近く、東京の日本橋から続いた国道の両側にかたまって立て込んだ家並が段段まばらになり、裏側が薄くなって、ただ表通だけに人家が櫛比《しっぴ》しているその列《なら》びの一軒が生家だったので、家を出て横町を曲がればその先は菜の花の畑だったり、稲の葉のそよぐ水田だったり、向うの土手には藪がかぶさり、墓山で百舌鳥《もず》が啼き、その上にひろがる空はどこ迄も広い。晴れたり曇ったり、その日その日の天気模様を子供の時から眺めて育ったから、東京の町中にいてもお天気は矢張り気に掛かる。その上に臆病な性分なので、黒い雲が出るとこわい。風が吹くと何となく気ぜわしない。その日のお天気が一一気分に影響する。

それを寝ていて知らなかったなら、それでよさそうなものだが、そうは行かない。矢張り寝ていた時へ後戻りして、確かめておかないと気が済まない。

昼夜顚倒のこの困った順序は随分以前から続いていて中中なおらない。仕事に追われていない時、寝起きがどうにでも変えられる間に、世間並みに戻しておこうと思うのだが、どうもうまく行かない。そうして又机の前が忙しくなる。止むを得ず天地顚倒を普通の事と観念して、明け方近くから床に就き、昨日の続きの白日夢を見続ける。

こないだその夜更かしが度を越して、まだ起きている内にすっかり夜が明け離れ、屏越しの隣りの屋根に朝日が差して来た。早春の薄黄金色《うすこがねいろ》のその日差しの美しかった事、いつ迄も見とれた儘で目が離せなかった。いつから見ない朝日の色だろうと考えて見たが、溯って辿る区切りはわからなかった。人並みに寝起きして、毎日この朝の味を味わいたいものだと思いながら、昨夜の続きの儘暗くしてある部屋の寝床に這入って寝た。

長い間朝日を見ないだけでなく、昼間の日光に浴する事もない。生物は日光のお蔭で生長する。草も木も子供も日の光を受けて育つ。それを思うと私など日の目を見ない方がいいかも知れない。今から育つのは考え物で、じじいが育てば先が短かくなるばかりだろう。椎茸は陰干しにしないと風味が出ない。寧ろ日光を避けた方が理窟に合っているのではないかと考える事もあるが、矢張り目がさめると家のまわりが真暗になっているのは憂鬱である。

何とかして元へ戻したいと色色試て見たが利き目がない。これも一つの病気であると考えて、入院したらどうだろう。しかし今のところ外に身体の故障はない。ただ昼と夜が入れ違っているだけの事だから、日日のお酒をやめる気にはならないし、その必要もないだろう。それで病院に寝起きしながら、晩になるとどこかへ出掛けて一杯やり、酔っ払って来て看護婦に酔いざめの水を持って来させたりするのは穏やかではあるまい。昔、私共が大学で教わった青木昌吉先生は、どこかがお悪くて入院されたが、毎日病院から抜け出して麦酒を飲んで来る。それが又沢山飲まなければ承知しない先生で、ふだんお宅で寝室に休まれてから飲み出す麦酒の空き罎が、枕の向うに枕屏風を立てた様にずらずらと林立すると云う話を、先生御自身の口から聞いた事がある。だから外で麦酒を飲んで病院へ帰って来る先生は、その度にべろべろに酔っ払っていたそうで、看護婦が持てあました事は想像に余りある。いくら先生を尊敬しても、そんな事に私淑するのはよくないだろう。

病院に這入るなぞ考えるのは止めた。病院の必要はない。ただ日日の身辺の目にふれる物、手がさわる物、狭い意味の環境を今までの儘にしておいては、いつ迄経ってもこの癖はなおるまい。身辺の刺戟を一新する事が必要だと思われる。その為には薬のにおいがする病院よりも、一週間か十日のホテル住いで効を奏するに違いない。その事を思いつき、思い立ったが考えて見るとお金がない。お金の事を云い出せばホテルでなく病院でも同じ事であった筈だが、病院の方はそこ迄考える前に思い止まったから、お金がないではないかと云う壁に鼻をぶつけずに済んだけれど、ホテルの方はそうしたい、行きたい、恐らくそれで寝起きの順序が人並みに戻るだろうと思い詰めたので残念である。しかしお金がなければ仕方がない。無い金を造るには工面を要する。工面するには人を相手にしなければならない。ところが、一日じゅう寝ているのでは、当たって見ようかと思う先方が、役所なり会社なりにいる内に切り出す事が出来ない。夜遅くなってから出掛けて、その自宅を訪ねるなど煉金術の常道ではない。

ホテル暮らしも空想しただけで、実現させる見込みはない。仕方がないから毎日同じ順序を繰り返し、そろそろ東の空が明かるくなろうとする少し前に寝床へ這入る。まだ寝つかない枕に、お濠の向うの八幡様の太鼓が響いて来る。

お宮の朝の太鼓は何の為に敲《たた》くのか、神霊を呼びさます為か、氏子に時を知らせるのか、神主自身の目ざましの行事か、その謂われは何も知らないが、もし時を知らせる目的があるのだったら、随分出鱈目で当てにはならない。どこのお宮でも五時がきまりの様だが、夏の五時は何でもないけれど、寒中の五時に起き出して暗い空へ太鼓を響かせるのは、らくではないだろう。つい寝坊して十分十五分遅れる事もあり、或は五時より前に目がさめた序《ついで》に、早いとこ済ませておいてもう一ぺん寝なおす、その都合で十分ぐらい時間をずらす事は平気なのではないかと邪推する。

敲き始めは極めてゆっくりした拍子で、それが次第に速くなり、仕舞は小刻みの急拍子で一区切りになって、又始めに戻る。序破急の順序を踏んで三べん繰り返すのかと思っていたが、大分前には一ぺんだけで止めた事もあり、この節は毎朝二度繰り返している。三べん続けた事は一度もない。それはそれでいいのなら構わないが、五時と云う時刻にとらわれていない様だから、八幡様の太鼓にこの穿鑿は意味はないかも知れないけれど、一体敲き始めた時が五時なのか、敲き終った時が五時なのか、いつもそれが気に掛かる。

私の生れ故郷備前岡山の町の真中に鐘つき堂があって、大きな釣鐘が二階だったか三階だったかに釣るしてあった。小判、つまり黄金が沢山鋳潰《いつぶ》して入れてあると云う事で、その為に鐘の響きがよく、ごうん、ごうんと深みのある音がして遠音《とおね》が利いた。大火事、大水の時は「早鐘をつく」と云って続けざまに撞き鳴らす。その響きが方方の半鐘の音とからみ合い、物凄い感じを人人に起こさせた。

しかしそれは非常の時の事で、ふだんはゆっくりと時の数を撞いて時を報ずる。但し初めに「捨て鐘」を三つ撞く事になっていた。だから一時の時は四つ、十二時なら十五鳴るわけである。なぜ「捨て鐘」を撞くかと云うに、昔から鐘楼に住んでいる古狐を、いきなり鐘の音で驚かせると狐が腹を立てて、あだをする。鐘を撞いていて、それ迄に幾つ鳴らしたかわからなくなってしまうそうで、狐のその仕返しを避ける為に、初めに先ず大きな声で「撞きまアす」と予告し、ついで捨て鐘を鳴らした上で時の鐘を撞く。昔の岡山には午砲はなくサイレンなぞ勿論ある筈はないので、鐘つき堂の大鐘の音が唯一の時報であった。

それで話がもとに戻るので、十時なら捨て鐘を入れて十三、十二時なら十五、ゆっくり間をおいてそれだけ鳴らすには時間が掛かる。十五鳴った中のどこが十二時かと云うに、鳴り始めがその時刻ではなく、全部撞き終る最後の音がその時刻なのだそうである。子供の時の話だから、それがどれだけ正確に行っていたか知らないが、八幡様のいい加減な太鼓を聞くとついそんな事を思い出す。
いい加減な太鼓の響きは、しかし私を眠らせるには役に立つ様で、大概それを聞いた後はいい心持に寝ついている。それなりずっと寝続けていられるものなら、夕方暗くなるよりもっと前に、寝が足りて起きられる筈だが、いくら朝が近くなってから寝ても、老人性の睡眠型、所謂グライゼンシュラーフを免れるわけには行かない。二時間以内で一先ず目がさめる。それから更に寝つぐには骨が折れる。しかし眠るだけは眠らないと身体がもたないから、何とかして又寝る様にする。やっと寝たと思うとけたたましい電話のベルで起こされる。懇意な者は事情を知っているから、だれもそんな時間に電話を掛けては来ないが、勝手を知らない初めての相手は始末が悪い。勿論受けはしないけれど、ベルが鳴るだけで大変な迷惑をする。

家が狭いので仕方がないが、その被害を軽くする為に電話機を木箱の中へ入れて蓋をしようと思いついた。その箱を造って貰う様頼んでおいたら、暫らくして赤ん坊の棺桶の様な物を持って来た。入れて見たけれど、どうも工合が悪い。コードを通す穴がうまく行っていない。こちらから掛ける時、ダイヤルを廻す手勝手も悪い。造り直させるのは面倒だからあきらめて台所へ下ろし、椎茸を入れる箱にした。

その代りに昔学生が使った机の上の肘突《ひじつ》きの様な小さな布団を拵えさせて、綿を厚くして、電話機を上に乗せた。いくらかベルの音がやわらいで小さくなった様だが、大した利き目はない。私が寝ている時間に一番よく掛かって来るのは間違いの電話である。これには閉口するけれど防ぐ道はない。安心して寝られる様にするには電話をやめる外はないだろう。

そう云う妨害と戦いつつ昼間の内寝続ける。二度寝で寝ついたら、時間が経つ程眠りが深くなる様で、私が鼾をかいている屋根の上を、太陽は音をさせずに通って行って、西の空の下へ降りてしまう。

## 二　夜は夜もすがら

今日は夕方から須井先生の自叙伝出版記念会がある。出版記念会には滅多に出た事はないがそう云う特殊な本ではあり、又その出版を記念する傍ら、著者の御長寿を祝うと云う意味もあるので、欣然と出席の返事を出した。

開会の時刻は五時からとなっている。五時と云っても五時からすぐに始まるものではないが、そう云う集りに余り遅刻するのはよくない。その為に余計な気を遣う事もある。出来れば十分か十五分ぐらいは早目に著いて、開会を待つ様にしたい。

大分日が永くなって、お天気が好ければ五時はまだ明かるい。家を出掛けるには申し分のない時間である。しかし明かるい五時より前に家を出るには、いつもの様に暗くなってから目をさましたのではどうにもならない。そこで前日から覚悟を定め、緊褌一番してその支度に備える。

勿論まだ日の高い内に起き出した。庭の日なたを見ると目がぱちぱちする。寝が足りないのは云う迄もないが、何時間眠ったと云う睡眠時間の計算よりも、起き出した時間が常と違うので、胸の奥に歴然たる不安がある。しかし止むを得ない。その為の覚悟である。又たまには外へも出て見たい。その会はどうせ遅くはならないから、それが済んだ後、ひそかに楽しみにしている次の予定もある。

起き出した時間は決して遅くはなかった。それから、少しどこかが食い違っている様な気持を抑さえて、鋭意支度を急いだ。何がどうなってそうなるのか、自分には解らないが、気ばかり急《せ》いて、いらだっている癖に、する事はちっともはかが行かない。息をはずませて顔を洗い、洋服を著《き》る。ポケットの点検にも気を遣う。シガレットケースに煙草が這入っていない。懐中時計が止まっている。

やっと支度が済んで、玄関へ出て靴を穿く。昔の枢密顧問官や倫敦《ロンドン》の市長が穿いたキッドの深護謨《ふかゴム》である。足を入れる時手の指を掛けて靴を引っ張る護謨の摘みが切れているので、又一苦労する。

さていよいよ万端ととのい、土間で外套を著せて貰って、ステッキを持ち、何時だろうと思うと、五時はとっくに過ぎている。しかし会場の学士会館は私の家からそんなに遠くない。尤も遠くても近くても、どうせ足を立てて歩いて行くのではないから、時間の上に大した違いはない。向うが示した定刻の五時は過ぎているが、まだ始まらないに違いない。たかを括って気を落ちつけて道ばたに起ち、通り掛かったタクシーを呼び止めて乗った。

神田一ツ橋の学士会には何度か来た事がある。案内を受けて出席するのだから、私自身が会員であるかないかは関係はないが、しかし一体会員なのか知ら、と考えて見た。そう思った初めはよく解らなかったが、次第に旧い記憶が甦って来て判明した所によると、私は会員ではない。四十幾年前にははっきりことわって脱会した覚えがある。

学校を出て、つまり学士になってから間もなく学士会の招待で御馳走によばれた。新学士を集めて卒業を祝ってくれたのである。会場は植物園だった様な気がする。植物園は帝大の附属だったから、それでおかしくはないが、会場の建物の上り口にあった大きな下駄箱が少しその記憶に調和しない。下宿屋の玄関にある様な仕切りのついた棚で、板の蓋に名前の紙が貼ってあった。美学、欧州文芸史の大塚教授の札は、「文学博士文学士大塚保治」であり、心理学の元良教授のは「文学博士元良勇次郎」で文学士が抜けていた。元良博士は亜米利加か独逸の大学を出て、日本の学士ではなかったのだろう。下駄箱の蓋にそんな肩書を記さなくてもよさそうなものだが、その時は感心して眺めただけで、別に反撥もしなかった様である。

下駄箱を眺めて上に上がり、どんな御馳走を食べさして貰ったか、それは覚えていないけれど、その御招待の後、我我新学士は学士会の新会員になった。

学士会の会員になったから、毎月学士会月報を送って来る。記事を熱心に読んだ覚えはないが、口絵の写真は気に掛かった。毎号例外なく黒枠の肖像が載っている。みんな若い学士ばかりで、夭折を惜しまれる秀才のもう消えてなくなった俤《おもかげ》が、多い月は三つも四つもこっちを見ている。

三十になる何年か前で、人の事どころではない、私自身が今にも死にそうな気がして不安であった。別にこれと云う病気があったわけではないが、こうして生きていると云う事実が死の裏打ちで成り立っていると云う風に考えられて、それを打ち消す事が出来なかった。死にたくないから、死ぬ事ばかり考えている。三十になったら、三十と云う崖の上は日が射していて明かるい様な気がするけれど、そこ迄行く前に、この崖下のじめじめした薄暗い陰で死んでしまうのではないかと思う。不安で憂鬱で堪らない。そこへ又次の号の学士会月報が来て、矢張り幾人かの若い学士の訃を報じている。その人人の顔がこっちを見て、私の拘泥は根拠のない事ではないと云っている様に思われる。

学校を出て、学士になって、学士会に入れて貰ったのは難有いが、会員であれば月報を送って来る。毎月毎月こんな思いをさせられる因果はないだろう。脱会しようと決心した。若い時の事だから、理由をその儘具陳して脱会届を出した。要するに月報を見るのがいやだから、会員たる事を止めますと云った。

後で一二度、飜意する様にとの交渉を受けた様な気がするが、そのいきさつはよく覚えていない。

それ以来私は会員ではない。

それから何十年、学士会の会員でない為に不都合を生じた事は一度もないが、ただ一つこの序に思い出すのは、高利貸から金を借りようと思って申し入れた。身分身元を調べた上でなければ貸してはくれない。例えばその時私は官立学校の教授をしていたが、高利貸は学校へ電話を掛けて来る。電話を掛けてどうすると云うのではなく、私と云う者がいればいいので、その日休んでいてもそんな事は構わない。学校の方は無事に済んだが、高利貸の調査資料の一つに学士会名簿があったらしい。私の名前が載っていないので、内田さんは本当に大学を出られたのですか、と聞かれた事がある。お金を借りるには、会員であった方がいい場合もあるだろう。

私の乗ったタクシーが学士会館の玄関に著いた。矢っ張り大分遅れている。しかしまだ始まってはいないらしい。昔の学士会月報の口絵写真に載らなかった人人がそこいらにうようよしている。今日の須井さんだって古稀のお祝をしたのはもう数年前である。いつかなぞは食卓の椅子の傍まで杖を離さなかったお年寄りが幾人もいた会に列した事もある。私だって、出る席によれば長老みたいな大きな顔をしていられる場合もあるが、今日はそうも行かない。いまだに頭の上がらない老大人が幾人もいる。

私が会場に這入ってから間もなく祝宴が始まった。だから、いらいらして馳けつけたが、遅刻を詫びる必要もなく、先ず先ず間に合ったわけである。私の隣席の老大人が、これはいかん、ここへ杯を出して、お酒をつけて来いとボイに命じた。それで気がついて見ると、私の前にも麦酒のコップしかない。今夜は麦酒一色のつもりであるらしい。お隣りの老大人はそれでは承知しない。私も承知しない。同じくボイに杯を出せと命じた。大勢の宴会に出て、そんな我儘が云えるものか、云っていいものか疑わしいが、そう云えば少し前にも外の宴会で、その時は私の云い出しでお酒を出させた事もある。歳の所為であってお行儀の問題ではないと云う事にしておいて貰いたい。

ボイがお隣りと私の前と、そのまわりの幾つかの席にお酒を持って来たが、余りうまくない。それはお酒が悪いのではなく、私の好みに合わない口なのだろう。もうこの上そんな文句は云われないから、我慢して難有く飲んでいたら、段段に口が馴れて少少いい心持に廻って来た。

コースが少し進んだ時、肝煎りの幹事が何人目かに私を指名して、テーブルスピーチを求めた。さっきここへ著席する前、その下話しを受けたので、須井先生をよく知らないから勘弁してくれと云ったが、そう云う方のお話も伺いたいから是非頼むと云うので、押し返す程の事でもないから引き受けた。

「僕は須井先生の講義に出た事もなく、語学の教室で出席を取られた事もないのですが、須井先生に初めてお目に掛かったのは、大正の終りか昭和の初め頃です。その頃は僕も若かったので或る晩銀座をほっつき、露西亜料理の店へ這入ったところが、一杯飲んでいる僕の所へ向うの薄暗い隅にいた人が席を移し、何だかお互にしゃべっている内に面白くなりまして、それが今よりは三四十年お若かった須井先生なのですが、銀座から長駆して駒込の待合へ行きました。それから飲み直し、夜もすがら飲み続けて、外が明かるくなってから帰って来ました。その時須井先生は僕のステッキを突いて帰られました。僕の大事なステッキなので、二三日後にお宅へお邪魔してそのステッキを戴いて来ました。お宅がどの辺の見当だったか、今考えても思い出せません。お宅へ伺ったのはその時一ぺんきりです。須井先生に就いて話せと云われましたからお話ししましたが、以上申し上げた事は数年前東中野の日本閣で須井先生の古稀のお祝があった時、矢張り指名されて申し上げた事と全く同じで寸分違いません。これから後、喜ノ字のお祝、米寿の賀のお祝等が目出度く開かれる事と思いますが、その節は僕も亦目出度く末席に列なりたいと思います。その時今晩の様に、肝煎りの幹事さんが僕に何か云えと云われましたら、矢張り銀座の露西亜料理から須井先生を拉《らっ》した同じ話を申し述べるつもりです。只今この席で予告いたして置きます」

宴が終って席を起つ時、須井さんにあの露西亜料理の店の名を僕は覚えていないのですが、御記憶がありますかと聞いたら、言下に「カフェロシア」と答えた。

コースを次から次へと要領よく進めていると思ったら、始まったのが六時少し前で、それから一時間半経つか経たない内にもうお開きになった。幹事が、御ゆっくり御歓談を願いたいと思いますけれど、この上もう何も出させる物がありませんので、これで閉会したいと思いますと云った。

さあ困った事になったと当惑した。初めからこの会の後で外へ廻りたいと思っている。西洋料理の宴会だから、どうせ長くは掛からないだろう。八時半まではもたないかも知れない。少し早過ぎるとしても、八時には学士会へ来ている様にして下さいと、あらかじめ甘木君と打ち合わせてある。お開きになった今はまだ七時半になっていない。この後の行先は甘木君とは相談済みだが、そこへ別別に行くと云う事は考えてなかった。又こちらが早く終ったから私は先へ行っていると云う聯絡をする当てもない。甘木君がここへ来る迄どこにいるかを私は知らない。

席を離れた人で混雑している窓際に起って、当惑している目の前へ、これから行こうと思っている下谷坂本のかぎ屋の御主人が現われた。須井さんはその店の御得意の一人なので、かぎ屋さんも今夜の祝宴に列したのだろう。今困っている事を話し、しかしどうせその内来るに違いないから、後で御邪魔します。就いては先ずところ天をお願いしたい。前菜の順序でお酒の肴にしたい。皆さんはデザートのつもりでお酒の後口に召し上がるのかも知れないが、つまりアイスクリームか、又は凍酒のお見立てかも知れないが、僕はいきなり、ところ天を咽喉に辷らせたい。ところ天に僕は酢を掛ける。ところ天に掛ける酢は醸造酢でない方がよろしい。次に大根おろしを戴きたい。おろしにつけ合わせたしらす干しは僕はいらない。しらす干しを取り去って、その量だけ大根を多くして下さい。

西洋料理の食卓を離れたばかりでそんな事を申し入れた。それでは一足お先に帰って、お待ち申すと云ってかぎ屋さんは出口の方へ行った。

人の後から階下へ降りて、兎に角談話室に落ちつき一服した。こう云う事になると中中時間が経たない。出掛けて来る前の支度をする時の、せかせかした時間の経過とは丸で違う。

しかし甘木君は思ったより早く来てくれた。早目に家を出て、神田の古本屋で古本探しをしていたら、どうも会が終った後の人らしい連れが表を通るので、急いで来て見たと云った。

早速表へ出てタクシーを走らせ、暫らく見ない夜の町の景色に見とれて下谷坂本へ出た。かぎ屋の暖簾を別け、がたがたする物置小屋の戸の様な表を開けて見たら、立錐の余地なしと云うのは貧乏の形容だそうだが、福の神のお客が一ぱい詰まっていて、私や甘木の様な貧乏神のいどころもなしと云う大繁昌である。立錐の余地などあったものではない。止むを得なければ乃《すなわ》ち仕方がないから、暫らく表で待っていようと云う事にして、往来に起った。余り離れると中のお客が出て行った後へ又次のお客が来て這入り込み、我我の竄入《ざんにゅう》の機を逸する。幸いあまり寒くもないから、道ばたのごみ箱の前で甘木君と四方《よも》の景色を打ち眺める。向うのそら、あすこの所に、提灯が三つつながってぶら下がって、二列ともっているでしょう。どれどれと聞きながら、彼の云う事を確認した。あれが即ち、恐れ入谷《いりや》の鬼子母神です、と云う。

随分度度お邪魔しているけれど、恐れ入谷の鬼子母神が近いと云う事も前から聞いているけれど、あんな所に、そんなに近く在るとは知らなかった。お詣りして来たいが、ここをどくと、立錐の余地がどうなるかわからない。

中から物置小屋の戸を開けて、一組二三人のお客が出て行った。その後へ陣取り、神輿を据えて、さてこれから始めよう。学士会館のコース全部が今晩の前菜である。先ずところ天に箸をつけた。

ところ天は昔私が幼少の頃、父母に連れられて京都見物に行った時、清水の観音後ろ飛びの舞台の下の谷になった所で、山瀬水に冷やしたところ天を食べた記憶が一番古い。大正博覧会の時、池ノ端でも食べた。近年市ケ谷合羽坂にいた時にも食べた。暫らく忘れていたのを近頃ここのお店でサアヴィスするから又思い出して、今では家でも毎晩食べている。それは家に自慢の心太突き《ところてんつ》があるからで、間違って手に入った物だが、今その説明は略す。

それからなお色色と御馳走になって、仕舞に口直しの麦酒の時、往来の向うにある今川焼の熱いのを買って来て貰って食べた。お酒のお行儀はいいつもりだが、今川焼が出て来たりしては余りよくないかも知れない。

まだ早い。夜が更けてはいない。草木が眠る丑満頃《うしみつごろ》ではないけれど、もう帰ろう。甘木君は私の所よりまだ遠い。タクシーの中で半分うとうとしながら家に著いた。

座敷へ上って、洋服を脱がない内に、ラジオの君ケ代を聞いた。外れ合わせであったが、それでも十二時にはなっていなかった事を証明する。

さてそれで暫らく振りに外へ出て、お酒の席を変えたりして草臥れた。今日は夜もすがら起きている事はない。成る可く早く順序をつけて、寝てしまおうと思う。

そう思ったのは十二時一寸過ぎである。それから何をしたかと云うに、夕刊の見出しぐらいは目を通したかも知れないし、そう云えば朝の新聞だって見てはいない。しかしそんな事はほっておけばいいので、早く寝ようと思う事を妨げはしない。何かしら、ぐずりぐずり、咽喉がかわくから麦酒も飲んだが、学士会館で甘木を待った時間の経過とは違って、いつの間にか丑満を過ぎ未明になったらしい。何か間の抜けた音がすると思ったら、八幡様の太鼓がどん、どん、どんと序の拍子を打ち始めているのであった。

# 白映えの烏城

## 一

白ばえの烏城黒ばえの鷺城かな

作者名は失念した。

梅雨空の雲が厚くかぶさり、あたりが暗くなっているのを黒映えと云い、低く垂れた雲の裏に明かりが流れて、白《しら》けた様なのを白映えと云う。

烏城は備前岡山のお城で黒い。お隣りの鷺城は播州姫路のお城で白く、白鷺城とも云う。

その黒い烏城を巨大な赤い𦦨が包み、お城の下を流れる大川の水を真赤に染めた。

昭和二十年五月二十五日の夜から二十六日の未明にかけて来襲した敵機の編隊による焼夷弾攻撃で、東京の私共は焼け出されたが、その一月後の六月二十九日夜から三十日、B29の編隊は無防備の岡山を襲って吉備の国の都を焼き払った。

敵機が独逸の漢堡《ハンブルク》を襲った際用いたと云う絨氈《じゅうたん》爆撃の手を岡山の空襲にも試た様である。先発機が市街の四隅、町外れに近い地点に焼夷弾を落として、その燃え上がった炎を目じるしにし、後続の編隊は目じるしの炎を結んだ線の中へ投弾した。

その正確な攻撃によって、当時の戸数三万の内、周辺の縁になった三千戸を残しただけで、全市を灰燼に帰せしめた。

私共が子供の時から朝夕眺めて馴染みの深かった烏城も焼夷弾の直撃を受け、轟轟と鳴る唸りを発して炎上した。

お城は水に臨んでいる。大川の流れがお城の脚下の岸を半ば囲んだ形で彎曲し、対岸の深い藪との間に暗い淵を造っている。

天守の燃える炎の色がその水波を染め、赤い流れとなった照り返しが、空に吹き上げる大きな火の塊まりと相応じて四辺を明かるくしている中を、金峯先生の未亡人なるお年寄りを背に負った息子さんが、川ぞいの土手を伝って火に遠い上流の方へ逃げて行った。

## 二

金峯先生、お名前は森谷《もりや》傳三郎。高等小学校の時の受持ちの先生で、私の一生の中に「先生」と呼んで記憶し、口に出さず、人に伝えるのでもなく、ただ自分の心の中で思い出す時にも、ひとりでに先生と云っている極く僅かの、ほんの幾人かの先生の中の一番初めの大事な先生であった。

金峯先生によって、自分の人生の中に、いつまで経ってもきらきら光っている先生と云うものがある事を知った。

すでにお歳だったので、烏城が焼けたりした何年か前にお亡くなりになった。

その御臨終の模様を切切と私に伝えて下さった御長男からの手紙を、実に難有く思い、大切にしまっておいたが、置き場所が悪かったので、B29が頭上に来てから、それを取りに二階へ上がる事が出来ず、色色他の大切な物と一緒に焼かれてしまった。

御長男、即ち烏城の燄の明かり中を、お年寄りを背負って逃げた息子さんで、今はどこかの校長をしていられると思う。戦後お目に掛かった事もあるが、この稿では直接その方には触れない。

金峯先生の御臨終を報ぜられたその手紙と共に、もう一つ、思い出す度残念なのは「雲龍」の二字の大軸を焼いた事である。

金峯先生が昔昔の生徒なる私の事を思い出されたか、近年になって墨痕淋漓《ぼっこんりんり》たる大字で

「雲龍」の二字を書いて送って下さった。近年と云っても戦前数年の事で、私が牛込市ヶ谷仲之町の合羽坂から麴町土手三番町へ引っ越して来た当時である。幸いその家には一間《いっけん》の床の間があったので、戴いた「雲龍」を大幅の軸に表装させて掲げた。

その雄渾な筆蹟を追って、金峯先生の昔の風丰《ふうぼう》を忍んでいたが、その軸を焼かれてしまった。

大分前から敵の空襲が段段熾烈《しれつ》になり、今にこの辺もやられるだろうと思い出した時、早きに及んでその軸をはずし、まくりにしておけばよかったと後の後悔、先に立たず。

私共が学校で教わった金峯先生は、即ち高等小学校の訓導であったが、初めはよく知らなかったけれど、もともと金峯先生は一家を成す書家だったのである。

だから授業の中でも、習字の時間は特に八釜《やかま》しかった。墨の磨り方がいかん。筆の軸がよごれている。懸腕直筆。頻りにそれを云われたが、中中先生の云われる様に行くものではない。腕を張り、気合いをかけて手習い草紙に書いていると、生徒の机の列の間をコツコツと歩いていた先生が、いつの間にか足音を忍ばせ、どこへ行ったかと思っている途端、不意に後ろから手を伸ばして生徒が持っている筆を、すいっと引っこ抜いてしまう。

墨を含んだ筆の穂が、持っていた指を撫でるから、指の腹は墨だらけになり、始末に困っている頭の上からどなられる。そんな事ではいかんぞ。懸腕直筆。筆を持つ手はしっかり。しっかり持った筆を軽く運ぶのだ。わかったか。

教場でこんな訓話をされる。わたくしも筆を大事にする方だが、今度東京から来られた何とかと云う書家は、宿で筆を使う度に、その後で必ずぽんぽんと手を鳴らし、女中を呼んで杯洗《はいせん》を持たせる。今使った筆をそれで洗って綺麗にされる。誠に立派な心掛けだ。その心掛けが大事だぞ。わかったか。

子供の時に教え込まれたから、その教えをよく守り、筆を使えば必ず後で穂先を洗う習慣が身についた。一つにはそんな事が私の性分に合っていたのかも知れない。

ところがその癖がインキを使うペンに波及しているのに気づき、自分ながらあきれる。昭和十年か、或はその一二年前だったかも知れないが、私は銀座の文房具のデパート伊東屋で、十四金の金ペンを買った。その金ペンは万年筆の様にペンの先に固著させてあるのだが、万年筆ではない。一一インキ壺につけてインキを含ませるのである。ペンの工合が良かったので以来愛用し、今日に及んでいる。今こうしてこの稿を書いているのもその金ペンである。だから前後三十年に亙って同じ一本のペンを使っている事になる。

そんなに長い間の使用に堪えたのは、間にいろんな事もあったが、その金ペンの運がよかったのと、一つには私の手持ちがよかったからであって、私はその日の仕事を切り上げ、ペンをおいて、机の前を離れる時は、必ずペンを洗面所なり台所なりへ持って行き、水を流してペン先を洗う。それは十年一日の如く、ではなく三十年一日の如く、嘗つて一度もインキでよごれたペン先をその儘にして机を離れた事はない。これ一に金峯先生の筆洗いの教えを拳拳服膺《けんけんふくよう》した結果であるが、ペン先についたインキを洗い落とせとだれが云ったかと金峯先生は腑に落ちないかも知れない。

## 三

ぽんぽんと手をたたいて、女中に杯洗を持たせた書家とはちがう別の人だが、学校から近い出石《いずし》の宿屋に、矢張り高名な書家が東京から来て居られる。お前たちそのお宿へ伺ってお話を聞いて来い、と金峯先生が私共五六人を呼んでそう云われた。どう云う人選であったかわからないが、その五六人は多分習字の成績がよく、字の話、書の話をえらい書家の口から聞いて来させれば為になると思われたのだろう。

揃ってその宿屋へ行って見ると、二階へ通された。

余り広くない座敷に毛布を敷いて、その向うに東京から来たえらい書家の先生が坐っている。大きな顔で、何だか色が白く、頤の下に黒い鬚が生えている。少しおかしい様な気がする。

私共銘銘の前にお茶をくれた。いい香りがしている。しかし子供にお茶を供しても仕様がない。咽喉が乾いてはいない。お茶に添えて羊羹も出た。みんなお行儀がよくて、だれも手を出さない。自分自分の膝の前を見詰めて、固くなっているだけで、坐った足が痛くなりかけた。

顔の幅の広い書家が、その顔をまともにこちらへ向けて、何か云ったのだろう。それがきっかけだか、どうだか解らないけれど、急におかしくなった。私が初めではないかも知れないが、並んで坐っている中のだれが始めたにしても、隣り合わせで、食っついているから、すぐに伝わって、みんながおかしくなり、呼吸を詰めて我慢している。

今にも破裂しそうだから、顔が赤くなっていたに違いない。

そうなってから後は、えらい書家が何を云っても耳には這入らない。おかしいと云えば面白がっている様だが、苦しいばかりで、死にそうである。

何がおかしいか、と云うわけはわからない。わけなぞないだろう。丁度年ごろが春機発動期の前期に達した頃なので、鴉が鳴いても、猫が走っても、その時のこちらの身体の工合でおかしくなれば留めどがない。

中のだれかが、苦しき声を絞って、失礼しようと云ったのを潮に、みんな手を突き、恭しくお辞儀をして座を起った。

しびれた脚をさすりさすり梯子段を降りて、表に出た。外の風に当たったら気がらくになり、何もちっともおかしくはない。何がおかしかったのか、よくわからない。

## 四

金峯先生は一家を成した書家であるが、その金峯先生の上に、金峯先生の先生がいた。磯山天香と云う老先生で、喘息持ちで、薄暗い家の中にいられた。

金峯先生の紹介で私は天香先生の門に入る事になった。それで、憚りながら金峯先生とは天香門下の同門の兄弟弟子になったと云う事になる。

天香先生からそう云われて、金峯先生の計らいで、東京上野の日本選書奨励会に私の書を出品した。

歳は十一、すでに煙草は吸っているし、書を書いたり、あんまり可愛らしい子供ではなかった様だが、もう遅い。出直して可愛らしくなるわけに行かない様だから、即ち止むを得ない。

東京など、どんな所か知らないので、上野だって、会場の竹の台と云う所だって丸で見当もつかない。第一、どんな所だろうなどと思って見た事もない。

出品したのは天香先生から示された左の五字である。

天清鶴能高
出した後で、それがどうなったかなど無論考えもしなかったが、第二席と云うのか、二等なのか、よくわからないけれど、兎に角入選して面目を施した。だれが面目を施したか、小まっちゃくれているとは雖も、私にはまだその味はわからなかったであろう。

ところが、金峯先生の御臨終を報じた大切な手紙を焼いたと云った空襲下の二階には、私の十一歳と云う歳を書き入れた「南山壽」の扁額が掲げてあった。そんな物は下らないとは、自分では考えにくい。掛け替えがないと云う意味で、それを焼いてしまったのは誠に残念である。

しかし、焼けた物を論じても仕様がないが、子供の書くものに「南山壽」とはませ過ぎて憎らしい。多分天香先生の差し金であろう。ただ、それをいつ迄も大切に保存し、扁額に仕立てて掲げるとは、「ソノ心事ノ」と云いたくなる所である。子供の癖に、自分でも上野竹の台の選書奨励会入選が鼻にかかっていた疑いが十分である。

## 五

お正月が近くなると、金峯先生は年賀状の書き方を教えられる。

その時の序《ついで》に、お前たちは自分の出た学校の恩を忘れては居らんか。友人、縁者、先輩の外に、もとの学校へも年賀状を出さねばならんぞ、と云われた。

今、高等小学校にいるのだから、自分の出たもとの学校は尋常小学校だけである。云われた通り尋常小学校宛ての年賀状を出した。

そうして年年、忘れる事なく実行した。

その内に私の出た尋常小学校は、隣接の地域にあった他の尋常小学校と合併して、新らしい名前の大きな尋常小学校になった。その後はその新らしい学校へ年賀状を出した。

高等小学校から中学へ這入った後は、高等小学校へも年賀状を出す事にした。

随分永い間、何年たっても止めず、年年学校宛ての年賀状を出した。金峯先生に云われた事が習慣になり、何の抵抗も感じない儘、実行し続けた。

中学の上年級の時だったか、高等学校に這入ってからだったか、はっきりしなくなったが、ふとした事で、尋常小学校が合併して出来た新らしい学校へ子供が通っている家の人の口から、こんな事を聞いた。

その学校の校長が、毎年お正月の授業始めの訓話でこんな事を云う。

年年それを繰り返し、今年も矢張りそのお話があった。

内田と云う人は実に感心である。幼い時自分が教わった学校の恩をいつ迄も忘れない。年年欠かさず、必ず学校宛ての年賀状をよこす。今はもう上の学校へ進学していられる様だが、決して昔を忘れない。この心掛けを手本にしなければならぬ。今年もちゃんと年賀状を戴いた。実に感心な人である。

この話を聞いた途端、顔色が変ったかと思う程不愉快になった。不愉快の気持だけでなく、生理的に咽喉の奥からゲエと云う吐き気がこみ上げる様であった。

子供の時、金峯先生から云われた事を無心に覚えてその儘実行し、何のこだわりも抵抗もなく、目出度い新年の挨拶を送っていたのに、それが訓話の種になるのだったら、もう止める。金輪際《こんりんざい》学校宛ての年賀状など出すものか。

金峯先生に云われた時よりは私も大きくなったが、しかしまだ中途半端な成長の途中で、気に入らない事、癪にさわる事ではすぐに大袈裟な反撥をした。それもその時の事実であればならないだろう。

## 六

金峯先生は高等小学校の薄暗い教室の教壇に現象の如く起ち、私共を見下ろして何か云われるが、どうも勝手が違って物騒である。

その物騒な先生から二年間いろんな事を教わったが、不思議に金峯先生の片言隻語は、それを聞いた当時の子供心にその儘、ありありと残っている。

教室で物騒なだけでなく、金峯先生は岡山の市中の目抜き通を、おかしな恰好で闊《かっ》歩《ぽ》される。当時だれも人がかぶらないヘルメットを頭にいただき、坊主か神主が著る様な白い著物を著て、杖を振り振り通られる。

それで何がどうして、何のおつもりで、どこへ行かれるのかわからないが、擦れ違った人が振り返ったり、犬が吠えたりはしなかった様である。

お歳の程は子供の私共にはわからなかったし、又子供はそんな事は考えない。後になって当時の金峯先生の御様子を思い出し、いろいろ前後をつなぎ合わせて見るに、どうも物騒ながらまだ割りにお若かったのではないかと云う気がする。三十台、四十にはなっていられなかったのではないかと思う。

炎に包まれた烏城の対岸の藪の事を云ったが、もとはその藪の中に空を突き上げる様な大銀杏があって、明治四十三年、一九一〇年のハレー彗星はその樹冠に飛び掛かろうとするかと思われた。

後に大川の流路の改修の為、藪が伐られ大銀杏も倒されたので、空襲の火に焼かれる事はなかったが、そのあたりの風物の変転は遠くにいて想像するのは困難である。

遠い記憶の中に藪が焼ける、藪火事が残っている。

私の生家の裏から、水田を隔てた向うの土手は竹藪でおおわれていたが、暑い真夏の真っ昼間、突然その方角で戦争の銃撃の様な音がし出したと思うと、藪が白光を放って燃え出した。

その火力の強さ、間に水田があっても、遠くから見ているこちらの顔が熱くなる様であった。

# 雷

市ケ谷合羽坂の家は狭いので表が近いから、往来のかたい混凝土《コンクリート》の道を打つ雷雨の雨脚《あまあし》の音が手に取る様に聞こえた。

頭の上の低い屋根を割ったかと思われる烈しい雷鳴が過ぎると、次ぎの霹靂が、今すぐ、またピカピカと昼間の家の中まで射し込む鋭い稲光りと同時に襲い掛かるにきまっている。その恐ろしい霹靂を待つ間、そのほんの一寸の間、あたりはしんとして、ただ雨の音ばかりが聞こえる。

音が聞こえている為に、却って、変に静かで、わびしく、淋しい。岩に沁み入る蟬の声のしずけさに似ている。はたた神が、はたたかぬ合い間をつなぐ雨の音、聞き入っていると忽ち色を帯びた稲妻が走って目を射る。

生まれつき雷がこわいので、随分窮屈な思いをする。どこかへ出掛けようと思っている時、空の模様が怪しくなると、それを承知ですぐに出て行く気にはなれない。足がすくむだけでなく、腹の底が何とも云われないいやな気持になり、一たん外出の支度をととのえているのに又上廁《じょうし》したくなる。

頭の上で低く垂れた空を引き裂く様に走る迅雷はこわい。しかしそのこわさとは別の味で、空の果てにどろどろどろと鳴り響く遠雷もこわい。どこへ逃げる事も、隠れる事も出来ない、身の置き所のない思いがする。どろどろと鳴る陰鬱な響きが大空一ぱいに鈍くひろがり、大地が共鳴して地の底にも雷神がいるかと思わせる。

迅雷はこわい、遠雷も恐ろしい。しかしまだ何の音も響きも聞こえないのに、あたり一帯に漲る雷気を感じて不安になる事もしばしばある。鳴っていない雷を聞くなど余計なお先走りだと思うけれど、それが現実な実感となれば止むを得ない。

ところが、終戦の年の秋、私が嘱託として出社していた日本郵船の郵船ビルが進駐軍に接収され、兜町にある子会社の南洋海運の建物に割り込んで同居した事がある。

午後遅く、退社の時刻になったのでその建物を出て、証券屋が軒をつらねている町を歩いていた。日が傾いてはいたが、まだ日ざしは暑く、辺りは目がぱちぱちする程明かるかった。輝く様な綺麗な青色の空の一隅に白雲の塊まりがあって、その先端が大きな角《つの》の形に伸び、先に行く程段段細くなった突端《とっぱし》が丁度私の頭の上の空に達している。明かるい青色の空を区切った白い大きな角が、空一面の青い輝きの中で、ふと見上げた瞬間に、キッキッと光ったと思ったら、いきなりパリパリと雷が鳴り出した。

青天の霹靂、その響きで腹の中の肝が潰れたかと思う程びっくりしたが、矚目《しょくもく》みんな、かららりと明かるいので、その場に起ち竦む程の事はなかった。

雷嫌いでない、雷が平気な人が雷に会ったら、こんな気持なのか知らと想像した。

その同じ年の秋、私が五月の空襲で焼け出されて、行く所がないから、止むを得ずそこで雨露を凌いでいる小屋の前に、雨がざあざあ降っている軒下へ雨装束の物騒な人影が重なり合った。

四谷署の巡査だと名乗る雨合羽が前に出て、進駐軍の命に依りお伺いした。この度爆撃調査団と云うのが亜米利加から来て、いろいろお尋ねしたい事がある。お手間は取らせない。御迷惑も掛けない。外にも幾人かお願いしてあるので、御一緒に日比谷のGHQまでお出でを願いたい。

巡査の前口上が終るのを待ち、数人かたまっている濡れた雨公《アメこう》の中から、頭巾《ずきん》の雫を鼻の先に垂らしながら、重だったらしい一人が前に出て、ちゃんとした日本語で、よろしいですね、それでは。

稍《やや》押しつけがましい調子で、雨滴のすだれの向うから駄目を押した。何も心配はありません。明日の午後一時にこの前の表の道に自動車が迎えに来ます。それに乗って来て下さい。

翌くる日その時刻に、昨日と同じ四谷署の巡査が小屋の前へ来て、表に自動車が来ていると告げた。

本来私の所は麴町警察署の管轄なのに、なぜ四谷署が来るのかわからないが、そんな事はどうでもいい。昨日から迎えは自動車自動車と云うから、一通りは礼を尽くしてお迎えしてくれるのかと思っていたが、それは私の独り合点で、出て見ると自動車には違いないが、大きな貨物自動車に幌《ほろ》をかけた輸送用の車で、床が高く私には登れない。幌の支柱に手を掛けてうろうろしていると、後ろに廻った亜米利加が、私のお尻を押し上げてくれた、のか処理したのかわからない。

それで荷積みを終って、がたっと走り出した。

戦争に負けた事はよくわかっているし、戦争に負けるとはどんな事であるかも大体承知していたつもりであったが、雨の筋にくるまった小屋の前の彼等は、私をつかまえに来たのではなくても、恭《うやうや》しくお迎え申したのでない事を私ははっきり考えなかった様である。

敗戦国のおやじが、乞食小屋の中でもそもそしているのを、だれがうやうやしく迎えに来るものか。

貨物自動車の幌の中には、私の外に見知らぬ人が五六人いた。みんな御近所のおやじさんらしかったが、どう云うお眼鏡にかなったのか知らないけれど、矢っ張り連れて行かれる、つまり連行されているに違いはない様である。

乱暴な運転で突っ走り半蔵門の曲がり角では幌の中から危くほうり出される所であった。爆撃調査団なるものがやって来て、B29の爆撃の効果に就き調査を進める。それに就き貴殿の御体験の一端を伺いたい、と云うのかと思った。

聞きなりが悪いが、何しろあの時分の事で、おいしい物なぞ何も口に入らない。先方の質問に答えて上げるその席では、お粗末なれど珈琲紅茶、それに添えて暫らく遠ざかったケーキが出て、そんな事でもてなされるものと予期した。

飛んでもない事、GHQの第一生命の前に著くと、貨物自動車の貨物なる我我は下ろされて、降りて玄関に起ったその時から、そこいらにいる米兵の監視の下に移された様である。

玄関から這入った廊下にも米兵がいる。いるのは不思議ではないが、彼等はみな私共を見ている。私共から目を離さない為に配置されているらしい。

すぐその向うの、一階の大広間に無数の小さなテーブルと固い腰掛けが置いてあって、米兵がその一つを指さし、そこで待っている様にと云った。

昔、本郷の根津権現下にあった講談社が、小石川の音羽通に新社屋を建てて移って来た。立派な構えでその敷地となった場所は、当時の市内雑司ヶ谷台の崖下の、暗い大きなどぶが流れている藪蚊の巣窟であり、表の往来は護国寺寄りの方から軒をつらねた淫売窟の表行灯が、その頃市内雑司ヶ谷の丘に移り住んだ私の目に残っている。大正の何年頃であったか判然しないけれど、大地震の年よりはまだ何年も前であった事は間違いない。

藪蚊の安住のどぶを潰して建てられた講談社は、その時分、音羽通の唯一の殿堂で、その白堊の威容は音羽の魔窟の悪夢を擦り消すのに十分であった。

昔の根津権現下の講談社へも行った事があるが、それは後に講談社から大地震後の小石川掃除町裏の博文館へ移った私の身寄りの編輯者に私の原稿を取り上げて貰う様頼みに行った用事だと思う。その時、その席で聞いたかどうか忘れたが、覚えているのは、何しろ佐佐木邦さんの稿料は五円ですからねえ、と云う事であった。奮起せざる可からずと思ったか否かもわからないが、佐佐木さんは私の卒業後に赴任せられた六高の先生で、お名前を文名高きが故に覚えているだけでなく、私の初期の作「百鬼園先生言行録」を扱ってくれたその身寄りの聯想で思い出す。但し「百鬼園先生言行録」は講談社には関係なく、載ったのは博文館の「新青年」であった。

暗いどぶ川の上に藪蚊が蚊柱を立てたその見当は、後で講談社にお邪魔した時見た景色では、その辺りは綺麗な後庭の一郭であった。

その新装の講談社を最初におとずれたのは、今度は私自身の用事ではなく、友人の原稿紹介の為である。

通されたのが一階の広間で、所せまき迄に一ぱいにテーブルと小さな椅子が列べてある。暫らく待たされて、その内だれか出て来て私に応対してくれた。

その首尾がどうであったか思い出せないが、その時の講談社と、米兵に見守られて著席したGHQの広間とそっくりであるので、つい聯想がそっちへ走って、話の筋を乱し、事を面倒にした。

さて、そもそも私は何を云っているかと云うに、話したいと思っている事の筋は決して散らかってはいない。雷さまの話なのである。

GHQのその広間で待っていると、実は待ってなどいない、馬鹿にしていると思って席を離れて歩き出したいが、四辺物騒で何となく、つかまっている様な気配であるから、勝手に席を離れてうろうろすると、何をされるかわからない。

暫らくして、外の廊下に足音が聞こえ、私ばかりでなく、待たしてある相手のその相手が広間へ這入って来た。

みんな学校の先生の様に、出席簿に似た物を小脇にかかえている。

物物しく著席して挨拶した。多分二世と云うのだろう。受け答えの話はわかるけれど、余り言葉が頼もしくはない。その最初に云ったのは、小便に行かなくてもいいかと云うのである。

その時分、私はもう相当の年配のおやじではあったが、まだじじいと云う程の歳でもなかった。彼等が面接に出る前に、年寄りは近いから、その事をよく尋ねてやれと上司から言いつかって来たのだろう。

学校の先生の出席簿の様な物をひろげ、たどたどしい口の利き様で、何か尋ねる。

それは何月何日か。その後はどうしたか。そんな事は応答に手間は掛からない。時に、あなたは小便に行かないかと云う。別に行きたくもないが、折角だからそれでは行って来ようと思う。そう云うと、彼はさっと起ち上がり、待合のお酌の様にお手洗いへ案内してくれる。

しかし、私の身体にぴたっと寄り添い、一歩でも外へそれたら射殺するぞと云わぬばかりの気勢を見せる。

出て来る迄彼は外に起って、うやうやしく私をお待ち申している。そうして一緒にテーブルへ帰る。そんなに心配で物騒なら、私などを幌をかぶせたトラックで運んで来なければいいのに。

お尋ねしますけれど、爆撃はこわいですか。

ははあ。これが本題で、その調査なのかと思った。

こわい。ひどい目にあった、と私が云った。

こわいですか。どのくらいこわいですか。

あなたはそんな事を聞くが、こわかった経験を外の何かに比べて、その程度を確かめようと云うのですか。

何となく受け答えがうまく行かなくなって、出席簿にこちらの応答を記入する指先が少し停滞している様である。

それはこわい。現に私は焼け出されて住む家もなくなった。しかし、まだいい方で、あんな物が天から降って来て、身体にあたればこうして貴方のお尋ねに答える事も出来ないでしょう。

よろしかったですね。

よろしくはありませんよ。無茶だよ。それで後から何を調査しようと云うのです。

爆撃はこわかったのですね。心理的に。

二世が生意気な事を云う。

心理的にではなく、物理的に迷惑した。こわいと云う事だけから云えば、空襲の爆撃より
は雷さまの方がこわい。

何ですって、雷がどうしましたか。

B29の爆撃は人間がする無茶で、雷さまは天道様のなさるわざ。話が違うよ。

わかりませんね。空襲と雷と、どうしたのですか。

雷さまも落ちれば困る。しかし落ちなくてもこわい。遠雷の方が恐ろしい。丸っきり鳴っ
ていなくても、こわければこわい。

どうも、わかりませんね。

じれったくなって、私が怪しげな英語を交じえて説明しようとしたら、ますます事が縺れ
てわからなくなった。私の英語など、元来役に立つしろ物ではない。心理的にとか何とか、
彼が云うから昔の学校の講義で教わった六ずかしい単語を綴り合わせて、云おうと思った事

を云って見たが、私が何か云うたびに、いよいよ事はこんがらがって来た。

戦前の或る年、私は東京から岡山へ行く下りの急行列車の一等車に乗っていた。車内の通路の向うの席にいる外人が、さっきから何かいらいらしていて、そばを通る車掌やボイに話し掛けているのだが、云ってる言葉が独逸語なので、一向に通じない。

私は永年学校の教師をして独逸語を教えて来たから、独逸語が丸っきりわからない事はないが、私の独逸語は要するに教室語学であって、文法の誤りを正し、学生の間違いをなじるだけの能しかない。実際には何の役にも立ちはしない事を、本人の先生の私がちゃんと承知している。しかしこちらで云いたい事を文法上の間違いなく云う事は出来る筈である。

一等車のその外人が、あまり気の毒だから、つい口を出した。私はこう云ってやろうと考えた事を云ったので、云った事に間違いはなく、口にする文格も正しかったと思う。彼は盤谷《バンコック》から来た独逸人で、水が飲みたいと云いたかったのである。

それを私がボイに取り次いでやった。

ボイが氷片を浮かべた水のコップを持って来て、彼は大変よろこんだが、その後、これは独逸語の解るいい同車の客だと思ったか、何かいろいろ話し掛けて来るのだが、私は私の思う事は云えるけれど、人の云う事を聞き分ける能力はない。つまり会話力はゼロなので、仕舞にその独逸人もあきらめたらしく、あまり口を利かなくなった。その内に列車が三石《みついし》の隧道に這入った。

GHQの二世も何が何だか解らなくなったらしい。尤も彼は私が英語を使わなくても、あまり解りのいい方ではなかった様だが、小脇に抱えて来た出席簿の様な物に、空襲と雷の関係をどう記入したか、それは知らない。

帰って来る時、矢張り彼は玄関まで送って来た。それは礼を尽くしたのでなく、私が外へ出て、往来の人となる迄、任務上、目が離せなかったのだろう。

# 駅の歩廊の見える窓

## 一　逃げ出す

　今年の夏も暑かった。夏が暑いのは当り前だが、程度と云うものがある。去年に比べて暑くなるのが遅かった様で、この調子ならこの儘家にいて一夏過ごせるかと思ったが、七月の末から本式に暑くなり、八月に入ったら月初めから毎日三十四度五度と云う大暑が続いて夜が寝られなくなった。昼間の暑さの疲れで眠くて仕様がないのだが、横になっていながら、はたはた動かす団扇の手を休める事が出来ない。あおぎながら、うとうとしてつい団扇を取り落とす。忽ち頭から湯を浴びた様な汗が流れ出して、すぐ目がさめる。

　何事をおいても、ただ寝る事を唯一の養生と心得ている私には、これでは身体がもたない。去年の夏も同じわけで暑い盛りの十日許《ばか》り、家を逃げ出した。今年は成る可く動きたくないと思ったけれど、この暑さが続くなら身体の方が続かない。止むを得ないから今年も亦逃げ出そうと決心した。

逃げ出すと云っても、どこか涼しい避暑地を物色して出掛けようと云うのではない。そう云う事は性に合わないしお金の都合もある。行く先は市内のホテルで、冷房装置のある一室へもぐり込めばいい。つまり去年の夏と同じ事を企てたのである。

## 二　真夜中のホーム

東京駅のホテルだから汽車や電車の出這入りが眺められる。私の部屋のある側はホームに近い。冷房の為に閉め切った窓のカーテンを片寄せると、八重洲口の側のビルに仕切られた狭い空と、その下に列んだ七本か八本のホームの屋根ばかりが見える。その並行線に列んだ屋根と屋根の間に、這入って来たり出て行ったりする汽車や電車の上部だけが、するすると辷る様に動いている。一番こちらの窓に近いのは中央線電車のホームである。時時警笛の声は耳に伝わるけれど、その外の物音は何も聞こえない。部屋の中は不思議な位静かである。

涼しさは申し分ないが、寝床が変った所為か、最初の晩は矢張り寝つきが悪かった。少しうとうととして目がさめたので時計を見ると三時少し前である。

夜、東京駅を一番遅く出る汽車は十一時三十三分発の大阪行一三三列車であって、その五分後に鳥栖行の四三列車が出るけれどこれは荷物専用で客扱いはしない。

到著する方の一番最後は十一時四十二分の沼津発八五四列車である。だから夜十二時を過ぎれば汽車の発著は一つもない。

電車の方はもっと遅くまであって、最後は午前一時一分の京浜線蒲田行である。その後にはもう電車も汽車もホームにいない。

朝になってから一番早く東京駅へ這入って来るのは四時二十五分著の鳥栖発四四列車であるが、これは荷物専用である。その三十分後の四時五十五分に大阪発の旅客列車一三二が到著する。

最初に出るのは五時発の大阪行一二三列車である。

電車は四時十五分発中央線浅川行が一番早い。

そこで真夜中の一時過ぎから四時までは、東京駅は眠ってしまう。乗車口降車口の扉も閉める様である。閉めた所を今度見たわけではないが、昭和十二年の冬、扉を閉めている所を内側から見た事がある。

係員がみんな寝てしまうのかどうか、それは知らないけれど、私はその東京駅の階上の一室で目をさましている。昼間でも静かな上に今は汽車も電車も動いていないから、一層しんかんとしている。ベッドから降りて窓際に行きカーテンを片寄せて見た。

幾本も列んだ長いホームが薄明かりの中に横たわっている。ホームの屋根裏の電気は全部消してあるらしいが、どこか遠い所に残灯があると見えて、その明かりで辺り一帯がぼうっとした曖昧な光の中に浮かんでいる。動く影は何もない。人っ子一人いない。昼間の混雑がうその様で、薄白く伸びている混凝土の地面がつるつる滑っこい様に思われる。

長い間眺めていたが、いつ迄たっても何の変りもない。初めにカーテンを寄せて覗いた時と同じである。恐らく四時前まではこの儘なのだろう。ここへ泊まっている内に、一度今時分の真夜中に部屋を出て行って、静まり返ったホームを一人で歩いて見たいと思い立った。

しかし、人はいないけれど、だから泥坊や追剥ぎは出ないと思うけれど、そう云う事ではなくて、何だかこわい様である。気味が悪くて長いホームの上を、一人で白い地面を踏んであっちの端からこっちの端まで歩く事は出来ない様でもある。

## 三　閑居して

家が暑くて堪らないからここへ来てこの部屋にもぐり込んだのであるが、ここにいると涼しいだけでなく何だか変に静かで、静か過ぎる位で、お蔭で日頃の癇がおさまる。

家にいれば朝から晩まで頭の上をヘリコプターが行ったり来たりしてうるさい。低空を飛ぶから騒騒しい音がじかに障子に響き、家の中で話しも出来ない。すぐ近くのお濠を隔てた向う側に昔の陸軍士官学校、後に三宅坂から引っ越して来た陸軍省、戦争になってからの大本営、負けた後の東京裁判と遷り変った市ケ谷の丘がある。今でも丘の上に亜米利加の何かがあるらしい。そこへどこから来るのか知らないが、毎日、一日に何度もヘリコプターが飛んで来る。丁度私の家の上空がその通路になっている様で、八釜しくて癇にさわるから、はたき落してやりたい様だが、その結果私の家に落ちられても困る。

私の所は往来から奥まっていると云えば聞きなりがいいが、よその家の裏にあって、表通の騒音からは遠い。だから車の音などは聞こえないけれど、裏の塀一重を隔てた向うは小学校である。その塀際に二十五米のプールがある。小さな子供達が一斉に水につかった時の騒ぎは知らない人には想像もつかないだろう。巨大な釜で豆を炒っている様で、矢張り家の中で話しも出来ない。用事があって家人を呼んでも声が届かない。

おまけに馬が気が違った様な声をする監督の先生がいて、その騒ぎの中でがなり立てる。こちらが居ても起《た》ってもいられない様な気になる。

それがここでは何の声も聞こえない。物音もしない。そうして涼しい。その上じっとこうしているだけで何もする事がないから、ふかりふかり煙草を吹かしながら、つい取りとめもない事を考える。

# ネコロマンチシズム

文芸上の自然主義の後に唱えられた新浪曼主義、ネオロマンチシズムは、墺太利《オーストリヤ》のフーゴー・フォン・ホフマンシュタールや白耳義《ベルギー》のメーテルリンク等によって若かった私共に随分影響を与えた。漱石先生のまだお達者な当時で、木曜日の晩の漱石山房の席上、ネオロマンチシズムがしばしばみんなの間に言議せられた。鈴木三重吉さんは先生の「猫」に当てこすって、ネオロマンチシズムをいつもネコロマンチシズムと云った。

ふとその古い洒落を思い出したので、この稿の文題に擬する。

一

三月二十七日がもう近い。

五年前の三月二十七日の午後、家の猫のノラが木賊《とくさ》の茂みを抜けて、庭を渡ってどこかへ行ったきり、帰って来なくなったあの当時の事を思い出す。思い出すのは苦しい。成る可く触れたくないが、しかしその日が近くなれば矢張り思い出す。

そもそも昭和が三十年を越してから、私の身の上にろくな事はない。三十一年の初夏、梅雨空の東海道刈谷駅で宮城道雄がなくなった。惜しい人を死なせたとか、天才を失ったとか、そんな事でなく、私にはじっとしていられない程つらい、堪えられない事であった。

翌三十二年の春、ノラがどこかへ行ってしまった。家にいる間、可愛がってはいたけれど、いなくなったらこれ程可哀想な思いをしなければならぬとは知らなかった。その晩帰って来ないので、ろくろく眠られない程心配して一夜を明かしたが、その日の夕方から雨になり、夜に入ってからはひどい土砂降りで、烈しいしぶきの為にお勝手の戸を開ける事も出来なかった。その晩の大雨でノラは帰って来る道を失ったのだろう。迷った挙げ句にどこかへまぎれ込み、家に帰れなくなったかと思うと可哀想で堪らない。

そうしてその翌年の三十三年秋には、家内が大病で入院した。幸いになおったけれどその間の心配は筆舌に尽くし難い。つまり連続三年間、一生の悲哀と苦痛を煎じ出して嘗めさせせられた様な目を見た。

## 二

行方がわからなくなったノラを探し出す為に、いろいろ手を尽くした。

先ず初めに新聞の案内広告欄に、猫探しの広告を出した。

反響があったと云うのか、実にいろんな方面から心当たりを知らせてくれた。その中には随分遠方からの便りもある。

手掛かりを得る為に、無駄ではなかった様だが、しかし考えて見ると猫が迷って行く範囲には大体の限度がある。余り遠くの人人に訴えて見ても意味はないだろう。

そこで今度は新聞に添えて配る折込み広告を試る事にした。近所の新聞店に頼み、その受持ちの配達区域に配布して貰った。

この効果は著しく又直接的であって、心当たりを知らせてくれる郵便の外に、電話の応対に忙殺される位であった。尤も中には冷やかしや多少脅迫めいたのもある。知らせてくれたらお礼をすると書いた項に引っ掛かって来るらしい。

しかしまだノラは見つからない。それで間をおいては又新らしい文面の折込み広告を出し、到頭前後四回に及んだ。配る区域を少しずつずらし、印刷した枚数もその時時で多少ちがうが、合計すれば二万枚近くになったかと思う。ノラが迷って行ったかも知れないと思われる範囲に外国の公館が幾つかあり、又米人の蒲鉾兵舎がかたまっている所もあるので、そこいらを目標に配る英文の折込み広告も作った。

方方の人が親切に教えてくれる心当たりを、家の者が一一見に行った。しかしよく似た猫はいても、ノラではない。

ノラ探しで世間に親切な人は多い事をしみじみ感じた。ノラに似た猫、ノラかと思われる猫がいるから、或はこれこれの時間にきまってやって来るから、見に来いと知らせてくれるばかりでなく、事によるとそうかも知れないと思われる猫が死んでいたので、うちの裏庭に埋めてやった。念の為に掘り返して御覧なさいと云ってくれる。

そう云う知らせを四ケ所から受けた。一一家の者が出掛けて行って、そのお家の庭を掘らして貰った。死んだ猫を掘り返すなど、勿論気味の悪い話である。それを敢えて知らせてくれるだけでなく、その家の人も立ち会ったり手伝ったりしてくれた。しかしどれもノラではなかった。掘り掛けて土の中から現われた尻尾を見ただけで違う事がわかったのもある。

区役所のそう云う処理をする係へも行って、調べて貰ったが得るところはなかった。

結局ノラの行方はわからない。わからないなりに歳月が流れたが、今でもまだ帰って来る様な気がする。いろんな人から色色の事を教わったり、慰められたりしたが、猫探しを続けている一番仕舞頃に、区内の或る人からこんな事を聞かされた。

お宅から半蔵門は近い。お宅のノラはそっちの方へ行ったかも知れない。多分その方角へ迷って行ったのでしょう。

そう云われて見ると、そんな気がする。事実の上で何の根拠もあるわけではないが、ノラは私の家を出てから南の方へ行き、何となくそっちの方を伝い歩いている内に翌晩の大雨に会って道がわからなくなった。家に戻るつもりで迷っていると、段段その先へ先へと家から遠ざかった。ノラはどうも南又は東南の方角へ迷って行った様な気がして仕様がない。北の方も、西北の見当も探したし、又そっちの方からの知らせも受けたが、矢張りそれよりは反対の方角へ行った様な気がする。皇居の半蔵門は私の所から東南に当たる。

半蔵門の事を云い出したその人は、もしそうだとすると、お宅のノラは麴町の通の家並みの間を伝って、又は英国大使館の横を抜けて半蔵門の方へ行ったかも知れない。

半蔵門から皇居の中へ這入る。

皇居に這入って帰らなくなった迷い猫は無数にいる。彼等は御所のあの鬱蒼たる森の中に住みつき、野性に戻った様な事になって中中外へは出て来ない。或は出られないのかも知れない。ノラが半蔵門から御所の中へ這入ったとすれば、先ず帰って来ると云う事はないでしょう。

私はそう聞いても、まだノラをあきらめる気にはなれない。しかし今日まで帰って来ないノラの足取りを考えるとすると、私の家を出て、東南の方へ迷って行き、幾日目かに半蔵門から皇居に這入ったとする筋が一番納得出来る様な気もする。

それならば、ノラが皇居の中にいるとするならば、私はノラの事を一こと、お情深い皇后様にお願い申上げておきたいと思う。しかし一度も拝謁した事もないのだから、勿論まだその機会はない。

最近両陛下のお住居の吹上御所が出来て、もとからあった皇子達の呉竹寮は取りこわしになったそうである。その呉竹寮があった当時、森に棲む野性を帯びた猫どもが頻りにその廻りに出没したと云う。

森の猫が余りに殖え過ぎて、樹の枝の小鳥を襲ったり巣を荒らしたりするので、猫狩りをしたと云う新聞記事を見た。

罠《わな》を仕掛けて三十何匹とか四十何匹とかを捕えたと云う。その中にノラが這入ってはいなかったか。気になるけれど、見に行くわけには行かないし、第一、皇居の森にノラがいるかどうかも、よくわからない。

## 三

管轄の麹町警察署へ捜索願を出した。

猫一匹の事で忙しい手を煩わして済まないと思ったが、非常に親切に扱ってくれた。ところがノラは駄猫である。そこいらに、どこにでもいるありふれた猫で、素性は野良猫の子である。これが波斯《ペルシヤ》猫、暹羅《シヤム》猫、アンゴラ猫などであったら、どうかすると一匹十何万円、或はもっとするかも知れない。そうなると警察はこちらの願いを取り上げるのに扱い易い。人の生命財産を護ってくれるのが警察の任務である。そんな高価な猫がいなくなった、或は盗まれたかも知れないとなれば警察の一仕事である。私の所でいくら大事に思っても、もともとただの野良猫の子であって見れば、野良猫の子がいなくなったから探してくれと云われても、警察としては猫探しに手を貸すのは少少勝手が違うだろう。

しかし麹町警察署は親切であった。電話で何度か情報を伝えてくれたり、私の家へ刑事が来てくれたり、ノラはまだ帰らぬけれどその当時の警察の扱い方は思い出しても難有い。

麹町警察だけでなく、隣接の神楽坂署、四谷署、赤坂署へも捜索願を出した。神楽坂署からは巡回の巡査が見て来たと云う知らせを受けて、すぐに行って見たが、ノラではなかったけれど、それを伝えてくれる警察も、又こちらが見に行くまでその猫を止めておいてくれた先方の家の人の親切も難有い。

難有いとか、親切だとか云うけれど、ろくでもない駄猫一匹の為に、そうやって世間を騒がし、況《いわん》や公の機関である警察を煩わしたりしたのは怪しからんと怒る人があるかも知れないが、その通りで全く申し訳ない。相済まぬ事であったが、しかしノラはどこへ行ったのだろう。

春の三月二十七日にノラが帰って来なくなったその年の暮、文藝春秋新社から「ノラや」と題する単行本を出した。それから五年目の春がめぐり来て又三月二十七日が近づいたのでこの稿を書く気になったが、それに就いてはところどころ右の「ノラや」を参照したい箇所がある。「ノラや」の本を取り出し、机の傍に置いたが、どうも開けて見る気になれない。所所にしろ、中を読み返すのがいやなのである。

この「ノラや」は最初から自分で読むのが気が進まず、上梓の際の校正その他も一切人任せにして、よろしくお願い申して本に纏めた。五年経っているから、もういいかと思ったが矢っ張りいけない。開いた所を少し読もうとすると丸で昨日今日の事の様に当時の悲哀がよみがえり、苦しくなって結局開いた所を見るに堪えないから又閉じてしまった。「ノラや」の本は兎も角として、ノラはまだ帰って来るかも知れない。

## 四

三月二十七日から半月余り経った四月十五日の日記に出て来る屏の上にいた貧弱な猫が、今私の家にいるクルである。ノラとちがって尻尾が短かいから独逸語でクルッと名づけたが、クルッは三音で呼びにくいので、いつの間にかクルになってしまった。

クルはその後五月十一日頃から又時時日記に現われている。そうしていつの間にか私の家に這入り込んでしまった。だから彼はもうすでに五年私の家にいる事になる。

いつの間にか這入り込んだと云ったが、別に胡麻化してもぐり込んだと云うわけではなく、実に当然僕はここにいるのだと云う風に落ちついて澄ましている。ノラよりは小柄で貧弱だが、尻尾が短かい外は全身の毛並みも顔つきも全くノラそっくりで、単に似ていると云う程度ではない。家に来る猫通《ねこつう》の見立てでは、ノラの弟だろうと云う。

ノラの素性はわかっているが、クルはどこで生まれて、どこで育ったのか丸でわからない。

私の家に這入って来た時は、まだ耳の裏に毛が生えていなかった位で、生まれてから一年は経っていないだろうと思われた。しかしどこかに飼われていた事は確かで、決して野良猫ではない。

それがなぜ私の所に来たのか。クルはノラの伝言《ことづけ》をもたらしたのだと私は思う。どう云う言づけなのか、クルはまだ伝えないが、しかし猫の口から聞かなくても大体はわかる。そう思うと又ノラが可哀想で堪らない。

同時にノラそっくりのクルも段段可愛くなった。彼はもとから私の所の猫だった様な顔をして、したい放題の事をし、勝手に振舞って五年を過ごした。

その間に病気をして人を心配させる。猫医院のお医者の来診を乞うたり、薬はしょっちゅう貰いに行く。猫医院は私の所から遠くない。近所にいい医院があったのはクルの仕合せである。

最初に来診を乞うた時は内科的の故障であったが、つい一月程前には外で喧嘩をした時受けた傷が化膿し、猫の気分が重いらしいので来診して貰った。

診断の結果は入院を要すと云う事になった。場所が顔なので危険である。敗血症を起こせば命取りになり兼ねない。

翌日入院させた。毎朝家からクルの好きな物を運んでやった。昨夜クルの為に取りのけておいた平目のお刺身の残り、毎日彼が食べている鰈《かれい》の切り身、シュークリーム、ガンジー牛乳。ノラは生の小鯵《こあじ》の筒切りばかり食べていたが、クルは初めの内は鯖《さば》をよろこんで食べたけれど、後にお医者から鯖や鯵はあぶらが強くて猫のおなかに悪いから、鰈の様な淡味のものを与える様にと云われたので、以後ずっと鰈にしている。私も石がれいやまがれいは大好きなので、しょっちゅうクルと同じ物を魚屋に註文する事になる。

ガンジー牛乳はノラも飲んでいたが、ノラはその外の牛乳は飲まなかったけれど、クルはそれ程我儘ではない。しかし入院中なのだから、一番うまい牛乳を届けてやる。

シュークリームはクルの好物である。但し中身のクリームしか食べない。家では皮は私が食べるけれど、病院の差し入れではそうは行かない。皮がどうなったか、よく知らない。

入院八日間で、漸くなおって帰って来た。その間毎朝同じ物を持って行ってやった。家から差し入れしなくても、勿論向うで入院食を与えてくれる筈だが、可哀想だから彼の好きな物を運んでやった。

夕方の食事は、朝こちらから持って行った物の残りを向うで与えてくれる。ところが家から持って行ったお皿でなく、医院の食器でやろうとしたら、クルはぷいと横を向いた儘食べようとしなかったそうで、お宅の猫はお皿がちがうと食べませんねと猫の女医さんが云ったと云う。

退院する前の晩からおなかをこわしたそうで、少し弱っているが、傷口の方はもういいのだからお連れなさいと云うので、家内と女中が迎えに行った。

大ぶりのバスケットに入れてさげて帰った。庭の方から帰って来たが、枝折戸《しおりど》のあたりから、バスケットの中でニャアニャア鳴いているのが聞こえた。

廊下に上がってバスケットから出してやった。

すっかり瘦せて半分ぐらいになり、おまけにおなかをこわしたと云うので、ひょろひょろしている。真直ぐに歩けないので自分の向いている方とは違った方へふらつく。それでいて人の手に頭をすりつけ、うれしそうな声でニャアニャア云いながら、どたりとそこへ寝て見せる。

## 五

大分弱っているので、当分外へは出さない事にした。

しかしもうお彼岸が近い。節分猫が済んでこれから彼岸猫の季節である。よその猫が入り代り立ち代りやって来て、庭で騒ぐ。

それでも初めの間はクルは出ようとしなかったが、暫らくする内にめきめき元気になって毛のつやもよくなり、身体のこなしもしゃんとして来た。

もういつ迄も家の中に我慢してはいられないだろう。目出度く外へ出してやったら忽ち喧嘩を始めて、よその猫を庭の外へ追い出そうとする。

ノラもそうだったが、クルも同じ事で、ここは、この庭は僕の領分だ、出て行けと云う様な気勢が見られる。

昨日の朝は彼が出掛けて行く目の先にいた白黒の玉猫にいきなり組みつき、白梅の咲き盛っている枝の下で格闘を始めた。

取っ組み合った儘ころがって、草の枯れた池の縁から水の中へ落ちた。

尤も結氷の為、池の縁のコンクリートに裂け目が出来て水が減っているので、猫が溺れる程深くはない。しかしその浅い水の底には泥と藻と枯れた水草の根と苔がよどんでいる。水に落ちた拍子に、組みついた二匹は一先ず離れたが、水から出てまだ追っ掛けるつもりらしい。彼は水の底のいろんな物を全身にかぶって這い上がり、満開の梅ケ枝の下でぶるぶると雫を振るった。

# 鬼園雑纂（抄）

濛タリ兮漠タリ兮　吾ガ几辺

## 一

中学生の時、友達と連れ立ってお正月の年賀廻りをしていたら、まだ行く先が残っている途中で、友達が持って来た名刺がもう無くなったと云った。玄関先の名刺受けにこちらの名刺を入れて来るだけの廻礼であるから、手持ちの名刺がなくなれば、それから先は廻っても意味はない。

しかし私の名刺はまだ沢山残っている。ここで廻礼を中止するのは残念だから、「いいよ、僕のを使いたまえ」と私が云ったのを友達が面白がって、当時「万朝報」が懸賞募集していた一口噺に応募しようと云い出した。

葉書に書いて私が出したら当選して紙上に載り、御褒美を貰った。

ませていた事は兎も角として、不用意に口から出た事をそんな風に持ち廻る心事は面白くない。憎らしい少年であったと忸怩《じくじ》たるものがある。

人の名刺が役に立たぬ如く、他人宛ての郵便物を貰っても仕様がないと思うのに、焼ける前の家の真向うにいたお神さんは、「郵便屋さん、そんなによその家へばかり配って歩かずに、うちへも少しおいて行きなさい。ほんとにうちへは、手紙も葉書もちっとも来やしない」と云った。

二三年前のお正月、矢っ張りお正月らしく目出度いつもりでいると、頻りに電話が掛かって来て、それが間違いばかりなので、むしゃくしゃし出した。

よし、今度掛かって来たら、こう云ってやろう。「はいはい、毎度御用命ありがとう御座います。こちらは焼場の受附けで御座います」

そう思って、間違いの電話の受け答えを用意しておいたが、矢張り間違い電話は掛かって来るけれど、いざとなると中中うまく云えるものではない。

ところがその時はそんなに腹を立てた間違い電話が、この節は寧ろ大変好きになって、掛けて来た相手はお利口だなあ、と思う。

なぜと云うに、私はいきなり電話には出ない様にしているが、又ベルの音がしている。うるさいなあ、面倒臭いなあ、呼び出されるのか、と半ば観念する。受けている家人が、「いえ、違います。そうではありません。間違いです」と云うのを聞いて、ほっとする。ああ、よかった。間違いか。人間万事、間違いに限る。人の世に絶えて間違いのなかりせば。後は、下の句はそっちでどうにでも、よろしき様に勝手におつけ下さい。

だから、間違いの電話を掛けて来る人はお利口で、つい好きになる。

電話だけでなく、郵便、新聞、そんな手合《てあい》が寄ってたかって私をぎゅうぎゅうのぎゅうたら目に合わせる。

全く新聞は碌でなしの厄介物で、配って来ればつい目を通す。吾人は新聞を読む為に生存している様な節もあって、新聞が人の限りある生涯の大部分を蝕んでいる事実を更めて痛感する。私は人並みより新聞をよく読んでいるかも知れないと思うのは、私の身辺の万事万端、ちっとも埒があかないのに、世間の人はさっさと事を片附けている。聞いて見たのではなく、そんな事を調べるわけにも行かないが、世人はあまり新聞を読まないのだろう。或は読み耽らないのだろう。私は新聞が好きだと云うのではなく、始末の悪い、迷惑な邪魔物だと思うけれど、そこにあれば、つい目を通す。大して面白くもなく、どうでもいい事を物物しく羅列した紙面をひろげて、つまらんなと思いながら、いつ迄でも見ている。

新聞がよくて見るのでなく、新聞を見るのを止めて、外の事をするのが億劫なので、そうやっていつ迄も新聞を見ている。新らしく用事を処理するのがいやだから、面倒臭いから、新聞から目を離さない。よく人が云うぬるま湯に這入った譬えに似ていて、読みたくもない記事まで丹念に読んで見る。

新聞が悪いのではない。自制心の問題である。

それはそうかも知れないが、自制心が欠除せる所へ新聞を持って来るからいけない。

新聞配達の苦学生、今はそんな風な言い方はしない、新聞配達少年。言い方はどっちでも、中身に変りはない。彼等のその労苦をいたわる為、日曜日は夕刊を発行しない事にしようと云う議がある様で、私など双手《もろて》を挙げて賛成する。

あまりいたわり過ぎて、彼等の収入が減る様では困るけれど、日曜日だけ夕刊を休むなど、けちけちした事は云わないで、新聞は隔日発行と云う事にしてはどうだろう。配達少年をいたわるだけでなく、読者の側もいたわって貰いたい。今までも一年に幾日かは「新聞休刊」の取りきめがあって、前日の夕刊からその日一日は全然新聞が来ないので、実にさっぱりした、又ゆったりした一日の経過を味わう事が出来る。

明治のそう古くない、私共の知っている時代に、新聞は月曜日がお休みであった。それは新聞社が日曜日を休むから、そう云う事になったのだろう。その間《かん》に在りて、さっき名前を挙げた「万朝報」は「年中無休刊」の四頁新聞であった。

四頁新聞と云うのも要領がいい。何しろこの頃は日日、休みっこなしに配って来る新聞の頁数が多過ぎるので、うなされる。今度の戦争の末期から直後に掛けて、新聞用紙が無くなり、号外判の様な新聞をよこした事がある。その内に少しく紙の都合がつく様になって、普通の新聞一頁の半截判の大きさになり、その裏表に必要な記事だけを手際よく圧縮した見事な編輯で、今後とも、用紙が自由に使える様になっても、新聞はこれに限ると思った事を思い出す。

タブロイド版の新聞だけでなく、葉書も今の普通の葉書の半分しかなかったが、それで用を達したし、郵便切手は何の模様も意匠もない、ただ郵税の数字を刷っただけ、独逸でも切手はこの式だとだれかが教えてくれた。

但しその切手には裏に糊がついていない。使う時、銘銘に飯粒のそくいで貼りつける。しかし必ずしもどこの家にも飯粒があるとは限らなかった。逓信省の或る役人が、新聞記者に向かって、貨物列車の貨車一輛分の米があれば、全国で使う切手の裏全部に糊をつける事が出来るのだが、と云ったそうで、当時のつらかった明け暮れが忘れられない。

## 二

新聞はそれでも、つい読んでしまうと云う事は別にして、読むのはよそう、断じて読むまいと思えば、その儘にする事も出来る。郵便はそうは行かない。

どんな法律にあるのか、郵便法とでも云うものが別にあるのか、よく知らないが、郵便を受け取るのを拒む事は許されない、郵便は受け取る義務があるのだそうである。

それはそうだろう。その規制は尤もだとは思う。

しかし自分の場合として、幾人かの高利貸にかかり合い、元を質せばこちらの不始末の祟りなのだから、自業自得の様なものだが、実にうるさく彼等は責め立てて来る。手を替え品を替え、速達は勿論、配達証明、内容証明、或はわざと人の目に触れる様に、普通の葉書にひどい文句を書きつらね、勤務先の官立学校宛てによこしたりする。

葉書を読まなくても、封書の封を切らなくても、云って来た事はわかっている。わかっているから読まなくてもいいし、読めば胸くその悪くなる様な千篇一律のおどし文句ばかりで、ほっておけばいい。

しかし、その郵便は、わかっているからいらないとか、胸くそが悪いから受け取らないとか、そんな事を云い立てるわけには行かない。兎に角、受け取らなければならぬ。

そこ迄はこちらにその義務があるそうだから、止むを得ない。

さて、その受け取った葉書をいつ読むか。或はいつ手紙の封を切るか。今すぐ片づけるか、後にするか。当分その儘にしておくか。それはこっちの勝手であって、他からの干渉は受けない。

見るのがいやだから、そんな理窟を考えて一寸延ばしを試るが、結局は矢張り目を通す。到頭読まずに捨てたと云う例は一つもない。何しろこちらに弱身があるのだから止むを得ない。

郵便は昔から逓信省で、逓信省はお役所である。今日の様に、毎度御贔屓《ごひいき》に預かりまして、郵便をお出し下さいまして、などと云う風ではない。飛んでもない話で、我我人民共に郵便をお届け下さったのである。

今日の我我は民主国家の、三角形を頭でっかちの逆立ちにして、「白扇逆《ハクセン》シマニ懸カル東海ノ天」の富士山をもう一ぺん引っ繰り返した三角形の底辺にいる主権在民の人民閣下共であるが、尖がった頂点を下にして突っ起っているので、ぐらぐらしないか。心配だったら静止させないで、独楽《こま》の様にぐるぐる廻していれば乃ち安定する。

今日の如き主権在民のいい身分に成り上がるとはつゆ知らず、その昔は郵便に関する限り逓信省管下の憐れな人民であったが、逓信省からしいたげられたと云う恨みの記憶は残っていない。

明治の御代の私共が若かった時代の郵便は、

郵便ホイ

郵便ホイ

お上の御用でまた来たホイ

それで郵便くばり、即ち郵便配達が難有く郵便物を届けて行く。郵便配達は今云う公務員だったのだろう。官吏の身分であったか否か知らないが、巡査はれっきとした官吏である。その時分「官吏侮辱罪」と云うものがあり、そう云う制裁が行われるのは当然だと思っていた。

戦前の、しかし余り遠くさかのぼらない頃、牛込の矢来と麴町富士見町の二ヶ所で、煙草屋が片手間に郵便切手を売っている店先に、まだ「切手売下所」の木札の看板が懸かっていたのを思い出す。勿論私の知らない、外の所にもまだそう云う看板が残っていたに違いない。今の時勢では「切手御買い上げ所」とす可きだろう。

## 三

近来の郵便攻勢はもうどうにもならない。狭い家の中が、まだ処理のつかない郵便物で一ぱいになりつつある。あっちこっちの廊下の隅、部屋の壁際にその積み重ねが溜まって段段高くなり、横にひろがり、膝を曲げる余地もなくなろうとする。今は家に猫はいないが、いた時は猫のひまにまかせて家の中を歩き廻り、その未処理の積み重ねをガリガリ引っ掻いて爪を磨ぐ。だからその堆積の山の前面はささくれ立って始末が悪い事になる。積み重ねてあるのは、捨てる為ではなく、後でいつかは目を通すつもりなのだが、恐らくその処理は実現しないだろう。猫はその事を予見して、そんな事が出来るものか、あきらめなさいと云う意味を含めてガリガリやって行くのかも知れない。

猫がいないから、重ねた物は重ねたなりに静止しているが、猫は彼の考え通りに、したい放題の事をするけれど、人間には未処理の物件にさわる事は禁じてある。それで自然に、静かに日日のほこりが溜まり、たまりたまりて毛むくじゃらとなる。うっかり手も出せない。しかし捨てるつもりでそこに積んであるのではない。それではどうするのか。そこ迄はまだ考えていない。

そもそもこうして自分の云いたい事ばかり書きつらね、愚にもつかぬと思われる愚痴を列べて吾が事足れりとする。人間社会、それでは済まぬだろう。積み重ねの中に人から来た手紙葉書のたぐいがその儘になっているとは思わないけれど、余り大きな口も利かれないだろう。高利貸からの来書ではないから、来ているのを知っていながら、手に取って読みたくない、封が切りたくないなどと云うのはない筈であり、なかった筈であるが、口はばったい事は差し控えた方がいい。封書、葉書、印刷物、私に何のかかわりも興味もない広告宣伝の料金後納又は別納の郵便物、折り込みの散らしに等しい引き札の第何種とかの郵便物、そんな物を郵便ホイの郵便屋さんは一緒くたにおいて行く。止んぬるかな、いらいらしても、むしゃくしゃしても、突きつけられれば矢張りこちらで区分けしなければならない。その時目先が迷ったり、指先が縺れたり、どうかした間違いがあったか、なかったか、それはわからない。

人から構われたくない、それはうそである。だれも構ってくれなかったら淋しいだろう。淋しくならない加減で、うるさくない程度におつき合い願いたい。しかしその塩あんばいはだれにも解らないだろう。私自身にもわからない。

解らない事にこだわらずに、成り行きにまかせて、人様のする事、して下さる事に順応して行ったらどうだろう。それに限る。

そうときめたら、先ず人からの来書に挨拶を返さなければならない。気に掛かった儘になっていて返事を要するのもある。寄贈を受けたその人の著書に対するお請けと御礼、いろいろいい物、私の好きな物を送ってくれた到来物の御礼と御挨拶。それらの事がなんにも、ちっとも埒があいていない。何もかも底抜けの、底が抜け切らないで、引っ掛かったなりになっている。

その日はそれでいい加減に寝て、寝た後まだ眠りつかない時、急に思い出すとこうしてはいられないと思いつめる。もう一度起き出して行こうかと考えている内に、いつの間にか寝てしまう。

そんな事を思い詰めていると、その相手の人人が次から次へと浮かんで来る。しかし勿論その名前を文中に記載する様な事はしない。検校《けんぎょう》宮城道雄の文章指南の様な事を私は引き受けていたが、宮城さんの書いた物の字句の添刪《てんさん》もしたけれど、一番重な仕事は、彼の文中に出て来る人の名前を消してしまうのが私の任務であると心得た。宮城さんは気が弱いので、演奏旅行その他で、会った人、世話になった人に後から何とか挨拶がしたいらしかった。しかしそれが目的ではなく、他に記述したい事があって、それを書いた序に挨拶を兼ねようとする。それは宮城さんの文章としていけない事であるから、御本人の意嚮《いこう》を無視して、みんな私が削ってしまった。宮城さんの文業に私がお手伝いとして、少しでもお役に立ったかと思う事が出来るとすれば、それは宮城さんが挨拶したかった人の名前を消した事であり、それに尽きる。

この稿で私が気に掛かっている人の名前を挙げる様な事をすれば、宮城さんは暗い川の向う岸で後ろを振り返り、おやおやと云うかも知れない。

# カメレオン・ボナパルテ

## 一

法政大学の教授室、昔の事で今の様に校舎の規模が宏大でなかった上に、学生の数が年年増加し始めていたので、学内どこも手狭であった。

教授室も大勢の先生達が一室に犇《ひし》めき合って、時を過ごす。時間になれば講堂教室に出て行くけれど、時間割の都合でぼんやりその間教授室に残り、お茶を挽く先生もある。

そうして出たり這入ったり、半日経てばお午《ひる》になる。食事の時間だが、別に食堂と云うものはない。銘銘今まで自分の坐っていた席で、給仕がその前へ運んでくれる出前物を食べる。地下室の学生食堂から取り寄せたライスカレー、カツライス、学校裏の路地にある鶴屋の天丼、鰻のお重、少し離れた電車道の向う側にある魚久の鰻のお重は少し上等だが、鶴屋のよりは高い。又魚久には本格の日本弁当もある。予科長の野上豊一郎さんや森田草平さんは時時魚久に註文した。その他笊蕎麦《ざるそば》、蕎麦盛り、蕎麦掛け、寿司信のにぎり、ちらし、又極く簡単にトーストと牛乳だけで済ます人もある。私はよく家から梅干しのお結びを持って行った。

給仕の気苦労、骨折りは大変だと思うが、いろんな物を食べているみんなと一緒にわいわい、がやがや何か食べるのは楽しくない事もない。

今日は私が担任教授と云う事になっているA組で、お午休みの時間にクラス会をしたいと云うので、前からその打ち合せを受けていたから、そのつもりで教授室の昼食も成る可く簡単に切り上げ、その日に何を食ったかなど忘れてしまったが、お茶を飲んで一服していたら、給仕が、A組の委員がみんな待って居りますと云ってお迎えに来ましたと云う。

然らば、と云うつもりで起ち上がった。

私は教室へ出る時は、いつでも腹を立てている。何も根に持っているわけではないが、何をこの野郎と云う気魄を常に持して教壇に上がる。向うでは何も恐れてはいないが、事がもつれるとうるさいので、警戒はしている様である。しかし、今はいつもの授業ではない。クラス会と云う、いわば懇親会の様なものだから、御機嫌よく彼等のお相手をしようと思う。

階段を上がって、二階の廊下に出ると、今私が行こうとする教室のドアの外に、学生が二人起っていて、遠くに私の影を見た途端、「来た、来た」と云って、あわててドアの中へ這入った。

哨戒の任にあたっていたのだろう。

勢いよく入り口のドアを排して這入って見ると、中はひどく混然雑然としている。いつもの様にみんながきちんと銘銘の席にはいない。通路に起っている者、人の机の上に腰を掛けているもの。しかしいつもの授業ではないから、止むを得ない、構わないとして、私はぬっと教壇に上がった。

それを見ると彼等は、席次は出鱈目ながら、おのおの最寄りの席に落ちつき、その上で更めて一斉に起立して敬礼した。

礼を受けて自分で御機嫌がよくなっているのがわかった。いつもは私は一時間じゅう椅子に腰を掛ける事はしないのだが、今日はくつろいでいる事を見せる為にも、敢えて著座した。

クラス会なら、その場へ先生が現われた時、拍手を以って迎えるなぞ普通の事だが、彼等は決してそんな事をしない。他の教室で、私が這入って行くといきなり二三の学生が拍手した事があって、忽ち怒り心頭に発し、学生監に通告して取調べて貰った。神田のどこやらの学校から最近転校して来た学生で、もとの学校では先生を歓迎する際普通にやっていた事である。こちらに移って日なお浅く、ここの校風になじまない内につい失礼したので、他意あるわけではないとの釈明を学生監から伝えられたので、不問にした。

何を腹を立てたかと云うに、教壇に起った先生に向かって拍手するとは何だ。無礼千万。芸人ではないぞと云う腹であった。

## 二

A組のクラス会で、彼等と何を話し合ったか、取りとめがない事は勿論として、全然記憶に残っていないのは、その約一時間の間、癇にさわる事が何もなかったからであろう。そもそもそのA組は、いつも「何をこの野郎」と云う気魄で授業にのぞんでいるにしろ、もとから嫌いではなく、だからクラス担任を引き受けた位であるが、翌年であったか、学内にストライキ騒ぎが勃発した事があった。その時私のA組はだれ一人動いた者がなく、教授室の同僚の一人から、「あすこは内田さんの近衛聯隊だから」と云われた位であった。

ただ一つ、クラス会の席上、気になったのは、ヴァイオリンを持って来た学生がある。みんなの話の切れ目に、一寸弾こうとする。又そのつなぎの為に持ち込んだか、みんなが持って来いと云ったのだろう。しかし弾き出すとどうも気に入らない。結局やめさせたが、私はヴァイオリンは嫌いではないけれど、当時学校に近い神楽坂などで、艶歌師の歌が流行し、又その艶歌師が法政大学に関係があったりしたので、クラス会にヴァイオリンを持ち込んだ学生が弾こうとしたのもその一節だったかも知れない。

ヴァイオリンを持って来たのは金矢《かなや》と云う石川啄木と同郷の渋民村出身の学生で、器用でヴァイオリンをいじくっているけれど、本式の奏法を習ったわけではないだろう。しかし音楽だけの話でなく、そんな東北の生れでありながら、言葉の音程にも非常に敏感で、人のなまりをすぐ真似して見せた。

彼は見よう見まねか、聞きかじりの聴き覚えか、簡単なロンド、ガヴォット、メニュエットなどが何とか弾けた。当時の無声時代の活動写真の奏楽で教わったのだろう。「天国と地獄」「カルメン」などのさわりは最も得意であった。

クラス会から突然話が大分昔にもどるが、私が岡山の第六高等学校の生徒だった当時の事、全国の官立高等学校の教授達は、文部省の指令一つであしたに夕べを知らず、或は仙台から熊本へ、北陸から山陽へと転勤させられた。

勿論そうなる前には、校長の推挽或は引っこ抜きの運動もあったに違いないが、それは若い私共にはわからなかった。

そうときまった官立高等学校の大先生達、南船北馬して任地に著いて見ると、本人がまだ来ない前から、前任地の学校で生徒達が言い囃していたその先生の渾名《あだな》の方は一足先に新任地に来ている。新らしい生徒はすでにその名前で新先生を待っていると云う。

私共が岡山の第六高等学校の生徒だった時、東京から赴任して来られた志田素琴先生に聞いた話だが、肝心の素琴先生の渾名は先廻りして来てはいなかった。前任地東京では女学校にも多く出ていられたそうなので、我我の方に受け渡しの橋が無かったのかも知れない。

さてクラス会の法政大学に戻って、教師としての私の渾名は何であったか。

ずっと後になって聞いた事であるが、学生達が私につけた渾名は「カメレオン」だそうである。

怒ったり、御機嫌が好くなったり、しょっちゅう変っていて、正体がつかめない。本来どんな色をしているのか、刻刻に周囲に応じて変色するのでわからないと云うのである。

行き過ぎたのがいて、「カメレオン・ボナパルテ」だと云い出した。ナポレオン・ボナパルテ第一世皇帝に語呂を合わせたので、我儘で、ドグマで、横暴で扱いにくいと云うつもりらしい。飛んでもない、そんな事はないのだが、先方がそう見るなら仕方がない。同時に陸軍や海軍の学校を兼務していたけれど、そこいらの生徒はそんな事は云わない。尤も何を云っていたか、それは私にはわからないが、寧ろこちらから、彼等は墓石を列べた様だとか、杭みたいでおとなしいとか、教官即ち先生の方から悪口を云った位が落ちであった。

## 三

当時は、全国の官立高等学校にあたる私立大学の予科、今の大学教養学部を幾つかの組別に組織した。法政大学はその時分、大正九年の新大学令以前からの学生もいるし、新大学令以後最初に入学した学生の新らしいクラスもあって、構成は複雑であったが、翌大正十年に入学させた学生からクラスを三つに分けて発足した。

三クラス共、語学は第一語学を全部英語とし、第二語学は独逸語と仏蘭西語に分けた。Aクラスは独逸語、Bは仏蘭西語、Cはまた独逸語。そのAクラスを私が担任したのである。

一年経って新学年になった。その際独逸語組のACおのおの四五十名いた中の約半数を落第させた。当時どの学校でも落第率が最も高いとされていた学課独逸語を私が受け持っていたので、私が落とした様な恰好になったが、実は落としたのでなく、彼等が落ちるにまかせただけの話である。その事の委しいいきさつは以前に他の稿に書き留めておいた事があるから、ここでは省略するけれど、その結果二つのクラスが一つに併合され、C組がなくなって従来のCの学生はAと一緒になり、私の近衛聯隊の麾下に入った。

Aにはさっきクラス会で紹介したヴァイオリンの金矢がいるが、Cにも勇名隠れなき猛才が二三いる。その中の一人北村はAC合併以前から金矢の合い口であったが、一緒になってからますます羽根を伸ばし、二人でいろんないたずらを始めた。

午前中の授業がある時、十時に教室へ這入って見ると、方方の机でまだ早いのに弁当を食っている。なぜこんな時間に食事をするのかと尋ねたら、早く食べておかなければ、金矢と北村が人の弁当を開けます。開けて食べるのならまだいいですけれど、開けて見て気に入らなければ、その儘蓋をしてまた外の者の弁当に手をつけるのです。人が中をのぞいて見た弁当を食うのはいやです。折角うちのおばさんが造ってくれたおかずの中の、僕は入れてくれる時見て知っているのですが、あじの向きが、頭と尻尾が逆になっていたり、いやだから今日は弁当を食いませんでした。先生たる者、取り締って下さいと云う訴えを受けた。

伊藤長七郎と云う長身の鼻の長い学生で、授業の終った後、まだ教壇の上にいる私の前に起ち、鼻を振るわして憤慨した。

或る日の午後遅く、どう云うきっかけであったか忘れたが、その伊藤長七郎の長さんと、同級の平井とが同日の仕事を終って帰ろうとする私について来た。

学校の裏門を出て、ぶらりぶらり歩いている内に、すぐ近くの靖国神社の後庭に這入った。今までそんな所は知らなかったが、大きな擂り鉢の様になった底に相撲の土俵がある。角力場なのかも知れない。二人は傾斜を馳け降りて土俵に上がり、そこで角力を取ろうとするらしい。私は傾斜の芝生に腰を下ろし、そこで閑閑と彼等の角力を照覧するつもりである。

二人は上著を脱ぎ、土俵の上でぶつかった。すぐに別かれて、何かうろたえているらしい。組みついた途端に、平井が長さんの長い鼻に衝突したので、長さんが鼻血を出したのである。あわてて紙を取り出したり、その後始末に忙しい様である。

「もうやめなさい」と私が上から大きな声で云った。

いきなり後ろで、「今時分、何をしとるですか」と云うから、びっくりして振り返ったら、「補助憲兵」の白い腕章を巻いた憲兵が起っていた。

「もう閉門の時間だから、すぐ帰りなさい」

憲兵に追い立てられ、二人を連れて靖国神社から横の電車通に出た。それからその後はどうしたのか、丸で記憶に残っていない。

## 四

A組クラス会の金矢は、学校を出てから国鉄に入り、永い間の勤務の後、日支事変の際矢張り鉄道の仕事の関係で北支へ渡った。

内地を離れるに就いては色色の事情もあった様だが、雄健剛直なますらおの癖にセンチメンタルで、あちらに行ってから随分淋しかったのではなかったかと思う。お酒が好きなので酒びたりとなり、一日じゅう、がぶりがぶりと茶椀酒をあおっていたらしい。

覿面《てきめん》に身体をこわし、廃人の様になって内地へ帰って来た。しかし元来が強健な体質なので間もなくもとの様に元気になり、郷里に近い盛岡で人並みの勤務が出来る様になった。

敗戦後丸三年経って、私の今の家が出来た。その新築へ移り住んだ直後、彼は元気な様子で私を訪ねて来た。

全くびっくりして喜んだが、それから後は身体をいたわりながら、無事に勤務を続けていた様であった。

後年私は「阿房列車」の旅で東北地方へ出掛ける途中、金矢に会う為盛岡へ立ち寄った。汽車が著いて駅に降りると、出迎えた金矢が元気で颯爽たる様子をしている。かぶった中折帽子の縁から、黒黒として毛がのぞいていた。養生のお蔭か、随分若返ったなと思ったが、更めて帽子を取ってお辞儀をした頭を見れば、もとの通りのつるつる禿げであった。すでに学生の時から頭の毛を問題にしていたので、それは当然の帰著、何も云う事はない。

二泊か三泊かしたかと思う。又見送りを受けて盛岡を立ったが、それっきり金矢には会っていない。そうしてもう何年か前に亡くなった。

もともと私の学生なのだから、そんなに歳を取ってはいないが、止むを得ない。

靖国神社で鼻血を出した長さんも、もういない。彼は応召して戦死したのである。

その他、この稿の中に名前を出さなかった者で早世したのが幾人かあるが、大勢の中の事だから止むを得ないだろう。しかし何かの折に触れて、若かった日の彼等の俤を思い出すと胸が痛くなる事もある。

AC合併の際の、名前を出した北村の他に二三の猛才ありと書いた中の一人は、実に音痴で高低強弱など、何と云ってもうまく行かないのみならず、言葉のシラブルの中の母音の長、短を呑み込ませるのに骨を折った。学生芝居の独逸語劇「ファウスト」の稽古の為、瑞西《スイス》人の所へ連れて行って練習を繰り返したが、結局うまく行かなかった。

その調子外れを金矢が面白がって、真似をして聞かせる。金矢はその点は実にデリケートで敏感なので、聞いていて可笑しくなるが、それが勿論の事ながら、音痴君には一向に通じないのである。

後に学校内部でごたごたがあった時、彼は去就を曖昧にしたので私は気に入らなかった。それは直接私に関係した事ではなく、一つの筋に関する不都合で、その点を私は不快に思ったのだが、病臥していよいよ自分であきらめた時、「内田先生に会いたかった。先生は到頭来てくれなかった」と云ったと云う。その言葉を思い出すと、矢張り私はつらい。

別の学生が、昔の事で、肺病は手のつけ様がなかった。もういよいよ駄目だと云う。その学生が、しょっちゅう私について廻ったり、宮城道雄氏に外国文学の古典を読んで聞かせる役目を私から引き受けたりしていた関係で、一目私に会いたいと云った。

鎌倉に転地療養していたのだが、私はわざわざ出掛けた。大丈夫だよ、元気を出せなどと空疎な言葉を残して帰って来たが、間もなく彼は死んだ。

その外にも、見舞に行った友達に、「先生によろしく云ってね」と云って死んだのもいる。

次から次から思い出せば切りがない。親子ではないけれど、逆さ事と云うのはよくない。しかし、だからと云って、私が彼等に義理を立てては切りがない。それで、知らん顔をしてこうしていると云うわけでもないが、それはそれとして、一体私はいつ迄人の事を思い出しているのだろう。

# 偶像破壊《アイコノクラスム》

## 一

「森の奥へ這入って行くとお化けがいる」

「そんな物はいない」

「いなくても、いるよ。樹の陰が暗くなると目が光っている」

「下らない」

「お化けは神通力を有する」

「神通力とは超自然の力だろう。馬鹿な事を云え。君はそれでも学校教育を受けたのか」

「しかし森の奥にこわい物がいなかったら、森の意味がない。子供に教える大切な勘どころだ」

「君は子供にそんな事を教えるのか。あきれたね」

小石川高田老松町の借家の私の書斎で、学校を出たばかりの私と彼は、口を尖がらして論じた。

同じ年に学校を出たが、彼は成績が良く、同期五六人の中の一番であった。取り立てて貧乏と云う程の事はなく、随分勝手な無駄もしていたが、身辺に事を欠き、不自由な目を見ていた様である。手近かな一例では懐中時計を持っていない。しかしもとから無かったのではなく、何かの都合で質に入れたのだろう。腕時計と云う物は当時はまだなかった。

卒業後間もなく、すらすらと就職がきまり、仙台の第二高等学校に最初から高等官何等の教授として赴任する事になった。俸給は年俸九百円。これも初任給としては稍例外的の優遇であった。

当時は高等学校以上の新学年は秋であったが、夏休み中よく私の所へのたれ込み、ごろごろしていた窮措大《きゅうそだい》が忽ち青雲に乗って、目出度く鹿島立ちする事になった。学校を巣立ったばかりの青年教授、勿論まだ独身で何の係累もない。向うに著いて落ちつく下宿は、学校の関係者で何とか取りきめておいてくれるだろう。身軽に旅立つ事が出来るが、余りに身軽過ぎて時計が無い。時間で出たり這入ったりする学校の先生が時計を持っていないのは困る。少くとも体裁上、恰好がつかない。

「君はたしか時計を二つ持っていたね。一つ借りて行くよ」と云った。

ニッケル側の薄手の懐中時計が私の手許に二つあった。だから文句なくその一つを貸した。ニッケルにしろ、当時でも五円以下の懐中時計は珍らしかったが、私の持っているのはどちらも三円五十銭だったか四円五十銭かで、いわれがあって二つも持っていたのであった。

仙台に著任し、月末になって最初の俸給を貰うと、彼は一どきに時計を三つ買ったと云う。早速そのたよりをよこした。懐中時計二つ、机の上の置時計一つ。君から拝借した時計は別便でお返しする。

時計を三つ買った余勢を駆って、松島に出掛けた。松島は仙台から近い。立派な宿屋に泊まり、芸妓を呼んで豪遊した。翌日お立ちの時は、番頭が松島湾を舟遊する乗り場の桟橋まで見送って来たそうである。その時の豪奢な模様をこまごまと認《したた》めて私に報じて来た。数十年後の近年私が初めて松島へ行った時、同じく松島湾から塩釜に向かう小舟に乗ったが、昔と同じ桟橋と思われる舟著き場で、彼が大いに得意だったのはここだったのかと回想した。

## 二

冬休みになると東京へ帰って来て、また私の所へ入りびたりになる。

初めて収入を得た教授生活の経験を話して聞かせる。教授室の雰囲気よりは、事務員達の見すぼらしい様子が気になった様であって、「弁当を食う時は、先ず持って来た弁当箱の蓋を取るだろう。蓋の裏には飯粒がついている。弁当に箸をつける前に、先にその喰っついた幾粒かの飯粒を、丹念に丁寧に一つずつ箸の先で拾って取って、一粒ずつ口の中へ持って行くんだ。実にけちけちしていて、見ていられないんだよ」

ところが、その話は私などにはちっともおかしくはない。だれでもする当り前の事で、飯粒のついた儘の蓋を裏返しておいて弁当を食べ出せば見っともなくて、お行儀が悪い様で、又もったいないと云う気もする。

彼は四国の牧師の子で、その育った家庭に飯粒を粗末にしてはいけないなどと云う気風はなかったのだろう。

私などは子供の時から、御飯粒を踏み潰せば目がつぶれる。嘘をつけば尻に松が生えると教えられた。尻に松が生えるなどは、森の奥のお化けと同様、彼には通じっこないが、弁当箱の蓋の飯粒は話せばわかるだろう。

「だれだってそうするだろう。その儘ではきたないではないか。勤め先に持って来る手弁当に限らず、汽車の中の駅弁だって、みんな先ず蓋の裏を綺麗にしてから箸をつけてるよ」

「そうか知ら。そんな事はしないだろう。要するに学校の事務員が自分の腰弁の蓋の飯粒を拾って食うのは、けちけちしているからなんだよ。彼等はひどく薄給だからね」

教授室の同僚の中の先輩が昇給した。高等官の何級俸だかで、その段階では一挙に年額三百円上がる。

「三百円昇給したとすると、月額に直せば二十五円だろう。ところが現に月額二十五円の下っ端の事務員がいるんだからね。ちいちいするのも無理はないんだ」

彼は就任なお日が浅く、給与も恵まれているので今のところ不自由する事はないし、又その関係で不義理などが出来る筈もないが、赴任前は懐中時計の一件でもわかる通り大分逼迫《ひっぱく》していた事もあった。

尤もそれは彼が自ら招いた事らしく、よく知らないけれど、お行儀の悪い事もしていた様である。私共が卒業する事になって、年来指導を受けた独逸文学科の主任教師独逸人カル・フローレンツ博士にお別れする事になった。時は第一次世界大戦の勃発直前である。

同期一同でフローレンツ博士を招待した。所は帝大裏の医科大学、今で云う医学部の鉄門の前にある牛肉屋、牛鍋屋、上方風に云えばすき焼屋の、地下一階にある立派な庭園に面した一室であった。よたよたした独逸語ながら、同席の我我四五人はフローレンツ博士と何とか話し合う事は出来る。麦酒も廻り愉快であったけれど、ただその中に彼が顔を見せていない。フローレンツ先生がなぜだ、なぜだと聞くので、だれかが、丁度運わるく腎臓を悪くして入院している為に、今晩は失礼したと取りつくろった。

独逸人だから医学の方の事は常識的に蘊蓄があるらしく、色色こまごまと我我に養生法、注意の仕方を説いてくれたが、実は彼はそんな病気ではなく、少し前、卒業がきまった後の或る時期にお行儀の悪い事をしてジフィリスに罹かり、止むなく入院していたのであった。

その一事に限らず、彼は何をしているかわからない一面もあったが、又ひどく潔癖で流石に牧師さんの息子だと思われる所もあった。

## 三

彼は酒飲みであったが、取り立てて云う程の大酒家ではなく、お相手の私と大差はなかった。ここで私の事を云い出すと話が面倒になるからよすけれど、ただひどく後引き上戸で、もうおつもりの筈の後が止められない。

「奥さん、若しお願い出来ますならば、どうかもう一本。もう一本限り」

独逸語を翻訳した様な口調で云い出す。いつもその云い方、調子まで同じである。

私の所にしけ込んでばかりいた彼から、或る年の夏今度は私が招待された。同道して暑中休暇の彼の下宿へ行った。仙台までは随分遠かった。

仙台へ著いた晩は、彼の行きつけの待合に泊まり、翌日彼の下宿へ入った。士族屋敷の様な、がらんとした広い家であった。

翌日彼と同行して仙台に近い石巻へ出掛けた。東北本線の小牛田駅から軽便鉄道のおもちゃの様な列車に乗り換え、北上川の長い長い土手に沿って走って石巻へ著いた。

その時の「石巻行」は二三書き纏めた旧稿があるので、ここでは後戻りしない事にするが、仙台の彼の下宿を出る前、その素人下宿のおばさんの一人娘に会ったのだけれど、別に可愛らしい娘さんとも思わず、何の記憶も残っていないが、後に、数年後に彼の妻となり、仙台の二高をやめて慶應義塾大学の教授になった彼に連れられて東京の大森不入斗《いりやまず》へ来た。

その新家庭を、しょっちゅう訪ねて行った私の為に、「内田さんが入らしたら、戸棚の中にちぎり蒟蒻《こんにゃく》がつくってあります」と云ってくれたことづけを最後に、当時猛烈な勢で流行した西班牙風《スペインかぜ》で余りにも短かい生涯を閉じてしまった。

彼の若い細君の名は、おキンさん。彼はおキンさんを本当に愛していたらしい。出鱈目な、滅茶な事もする男であったが、本気に愛した娘に対しては、慎しみ深く、実に潔癖で晴れた結婚の日を待っていた様である。その筋目が正しく、けじめのはっきりした態度は見上げたものであった。

仙台の二高に辞表を出し、慶大に移って来る前に仙台で結婚した。そうして新婦を連れて新婚旅行に行った。どこへ行ったのだったか忘れたが、その予定、日取りなどは一一私に通知して来た。

だからその事を承知してはいたのだけれど、東京の私の手許に電報が来たには驚いた。「昨夜初夜の契りを結んだ」と云う意味の電文である。だから安心しろと云うのだろう。牧師の息子の虫の居所はなかなか解りにくい。

## 四

おキンさんは仙台の彼の下宿先、つまり彼女の自分の家にいた時は目立たなかったが、大森の新居へ来てからは、ういういしい若女房振りがあざやかで、する事なす事、起ち居がまめまめしく、彼も大分いい心持らしかった。

何年か東京を空けた後で慶大に帰って来たので、もとの友達が丸でいないわけでもないけれど何となく穴があいているのだろう。頻りに私に来い来いと云うから出掛ける。お蔭で国鉄大森駅が随分馴染みになった。

行けば勿論一献する。おキンさんの御馳走はいつもぶた鍋にちぎり蒟蒻である。魚の事もあるけれど、私は鍋の中のちぎり蒟蒻に凝っていた。

三人で鍋をかこんで、どんな話をしたか、丸で覚えていない。いつもその座でお酒を飲んでいたからでもあるけれど、私自身の当時の記憶がぼやけていたと云う外に、あまりに儚《はかな》い、淡夢《あわゆめ》の様なおキンさんの新婚家庭の所為でもある。

本当に、あっと云う間に、おキンさんは消えてしまった。

大正五六年頃から始まった西班牙風の猛烈なインフルエンザは、一二年おきに第二波、第三波と襲って来たが、仙台から出て来たばかりのおキンさんは忽ちその第一波にさらって行かれた。

おキンが西班牙風らしいと云う彼の知らせを受けて、しかしそのインフルエンザがそれ程恐ろしい事をまだよく知らなかった時、彼の次の知らせはおキンさんの訃《ふ》であった。

内田さんが入らしたら、ちぎり蒟蒻がつくってありますから、と云う彼女の言葉は、後で彼から言伝《ことづけ》として聞いた。自分で戸棚から取り出して、食べさしてくれるつもりだったのだろう。

もう止むを得ない。お葬式の事を考えなければならない。仙台からお母さんの外、身寄りの人も来た様である。そう云う関係か、或は彼はそんな事はどうでもよかったのか、お葬式は耶蘇教の方式ではなかった。普通の葬列を組み、葬旗を立て、棺を舁《かつ》いで練り出した。

その前に焼き場の手続きをしなければならない。日柄はどうだろう。仏滅などに当たりはしないか。

彼曰く、仏滅だって。そんな事は構わない。平気だよ。寧ろそう云う日の方が、焼き場が割り引きして安いかも知れない。交渉して見よう。

ところがその焼き場では、そう云う日はどちらからもお申込みがないから、つまり仏がだれも来ないから、当日はお休みにしますと云ったと云う。

安い日を選ぼうと云う折角の思いつきをふいにされて、彼はつまらなかったかも知れない。

さて、いよいよ出棺となる。時刻は朝。これも珍らしい。葬列が狭い路地を出て往来を横切り、焼き場の方へ行く道に這入る。

高台の裾の道で、上には門構えの立派な屋敷が列んでいる。丁度おキンさんの葬列がその下を通り掛かった時、門内から一人の紳士を乗せた人力車が出て来た。重役だか、社長だか、そんな恰幅《かっぷく》の人で、朝の御出勤だったのだろう。

俥が少し走り出して、坂道を降り掛けると、その下を通るおキンさんの葬列が見えた。紳士は辷り勝ちの俥をその坂の中途で停まらせ、車上ながら恭しく帽子を脱いで下を通る葬列に礼拝した。勿論知らない人だろう。列に従って歩いていた私は、それを見て非常に感動した。おキンさんの為に溜まっていた涙が、一どきに流れ出しそうになった。

その時の彼の気持は知らなかったが、後日になって矢張り感動したと云った。知らない人の心が難有かったと云った。アイコノクラスト、偶像破壊者としての心情はその一時影をひそめた様である。

# アジンコート

一

「赤ん坊のお骨《こつ》を入れた壺の包みを抱いて台湾から帰ってまいりました。船が基隆《キールン》の港を出て何時間かすると、船から割りに近い右手に赤岩の澎佳嶼《アジンコート》が見えます。切り岸の孤島で、多分人は住んでいないので御座いましょう。その辺りから振り返って見ましても、もう台湾の影は見えませんでした。子供は生まれるとじきに死んだので御座います」

そのお骨をなぜ彼女が抱いて帰ったのか。夫婦別かれをしたのか。御主人が亡くなったのか。第一、台湾にいる人の所へお嫁に行ったのか。こちらで結婚した後、御主人の都合で台湾へ渡ったのか、そんな事はなんにもわからない。

わからなくてもいいし、聞きたくもないから黙っていた。彼女もそれから先の事は何も云わなかった。

彼女がその話をしたのは初対面の時である。それから後何年かの附き合いの間、ただの一度もその話に戻った事はない。何の為に最初にそんな事を持ち出したのか、私にはわからない。

彼女、名はお初。目白の日本女子大学校の英文科を出た才媛である。又美人であって色が白く、私の好きな顔立ちではないが、輪郭がととのい、挙止動作がしとやかで、何よりも大変利口であった。

その彼女、お初さんに就いては、随分昔の古い稿に「長春香」と題する一篇があって、彼女が本所の被服廠跡で焼死する迄の事を書き纏めた。その後にそれ以外の新らしい事があったわけではないが、更に少しく角度を変えた目で、もう一度お初さんを見て見たい。

彼女は私の所へ来て、独逸語を教わりたいと云う。いきなり押し掛けて来たのではなく、橋渡しをしてくれた人がある。私の先輩でその人から紹介されたのだが、お初さんはそこの奥さんのお弟子とか門下とか云う関係だったのだろう。奥さんは高名な巾幗《きんかく》作家である。

初めて会って、いやな感じなど全然ない。その申し出を快く引き受けたが、一二の条件をつけた。

月謝は受けない。そんな事を云うと却ってお困りかも知れないが、それでよかったら入らっしゃい。

私がそう云っただけの予習なり下調べなりは必ず実行する事。こちらでも時間を空けて待つのだから、無断できめた日をすっぽかしてはいかん。

彼女は私の云った事をよく守り勉強した。下地《したじ》に英語の素養があるから、新らしく教わる独逸語にも理解が早い。じきにシュニツレルやハウプトマンの短篇が読める様になった。そうなると本人にも張り合いがつき、ますます勉強する様になる。自分で字引を引いて読んで来る宿題の範囲を、私はどこそこ迄と指定はしない。出来るだけ先まで読める様にして来なさいと云うだけにする。

それがいつも随分先まで、予期しなかった辺まで進んでいる。しかしその為には、「毎晩遅くまで、特に昨夜は十二時を過ぎるまで机にかじりついていました」と云う。

附き合っている内にその人柄のよさが段段わかって来た。出過ぎたところ、思い上がったところなど全然なく、勉強家であって、初めに思ったより頭が良い。

私の方でも教える甲斐があり、打ち合わせた次の日を待つ様になった。しかしそれはそうでも私は生来だらしが無く、我儘な勝手者だから、相手に向かってああしろ、こうしてはいかんと六ずかしい事は云っても、約束通りの時間に始めるとは限らない。やりかけている事があれば、切りになるまで待たせる。どうかすると朝が遅くなってまだ寝ている。お初さんが来て待っていると聞いても、あわてて起き出す様な事はしない。向うも段段馴れて来て、そう云う時は子供を相手に遊んでいる。

どうかすると私が顔を出すのが遅くなって、まだ始めない内にお午時になり、請《しょう》じられて家の者と一緒にお膳についたりする事もある。

初めに月謝をことわった事は、矢張りいろいろと向うに気を遣わせる結果になったらしい。その上、たまにではあるが私の家で食事をする、つまり御馳走になる折があったりすると、お初さんの家としては、私がいらないと云ったからと云うので、なんにもしないで済ませるわけには行かなかったのだろう。お盆とか暮とかに何かしら苦心したらしい物を届けて来た。

## 二

初めの内、手ほどきの課程の間は、私の方の都合のつく限り成る可く頻繁に来る様にした。少し経ってから、本が読める様になった後は一週に二度とか三度とかとし、その間に彼女が自分で家で字引を引いて勉強出来る様に間隔を置く事にした。

しかしそうなってからでも、しょっちゅう、三日にあげず彼女は私の所へ来る。

自然私の家に出入りする男の学生達に顔を合わせる機会が多く、彼等と知り合い、私の家を仲立ちにする友達になった。

私を取り巻く学生達の集りに、お初さんも加わってみんなと一緒に興じた事も何度かある。学生達ばかりでなく、私の友人の間にも彼女の顔は広まって行った。宮城道雄検校とも知り合い、私が宮城さんと会っている席に彼女が同座した事もあり、彼女を連れて宮城さんの演奏会を聴きに行った事もある。

昔の高等学校以来の旧友が、私をつかまえて云った。

「君は綺麗な女弟子を持っとるそうじゃないか」

「いるよ」

「矢っ張り本当か」

「本当だ」

「怪しからん話だぞ。何を教えているか解ったもんじゃない」

「独逸語さ」

「独逸語は口実さ。口実に過ぎんだろう」

「そんな事はない。よく勉強する」

「うそ。うそ。独逸語の本なぞ持たせて、方方連れて歩いとると云うじゃないか」

「うそだよ」

「若い女と一緒に歩いとるところを見た者がいるぞ。事実だろう」

「連れ歩くなんて、無根の誣言《ぶげん》だ。演奏会に行った事はある。その事を云うのだろう」

「そうれ見ろ。矢っ張りそうだ。何をしとるか、わかりゃせん。もう、そうなんだろ」

「なんでもないよ。おかしな男だ、君は」

「まだそこ迄は行かないのか」

「何を云ってるのだ」

「しかしキスくらいはしたろう」

「いやだなあ、全然そんな事はないよ」

「どうだかな。信じられんぞ。綺麗な女が手近かにいて、そんな筈がないもの」

「もうよせ。下らない」

「それでは、手は握ったか」

「知らんよ」

「本当を云えよ」

旧友の追究は逃れたが、お初さんの先生の巾幗作家の側からこんな話が出たと云う。曰く。お初さんは内田さんに惚れてるんだわ。うちへ来て、こう云った。あんな我儘で得手勝手で、始末の悪い方ってありませんわ。御自分の思った通りの順序でなければ何事も承知なさらないんですもの。お家《うち》の方がよくお世話出来ると思います。私だったら真っ平御免ですわ。

そんな事を云うところを見ると、お初さんは惚れているんだ。そうでなければもっと違った感じ方をするものよ、と小説家の起ち場で観察したと云う。しかしその話がなぜ私に伝わったかの経路はわからない。お初さん自身がそんな事を私に云うわけはないから。

## 三

印度のノーベル賞詩人ラビンドラナート・タゴールが日本へ来た事がある。帝国ホテルに泊まったが、食事は菜食の精進料理なので、ホテルの方は調進に困ったと云う記事が新聞に出ていた。

タゴールは滞在中の一日、目白の女子大学を訪れた。お初さんはまだ在学中だったので、その時の模様を私に話して聞かせた。

ひげを垂らしたタゴールが正面の講壇に上がって起つ。

礼装した全校の女学生が一斉に起立する。しかし、その際がたがたと音を立ててはいけない。ざわめいてもいけない。それは大変六ずかしい事なので、前前から何度も予行を繰り返して練習した。

そうやって静かに起ち、又静かに座に復する。タゴール翁の気分を乱さぬ為にこちらで気を遣う。それで全学生の翁に対する敬意を表明する。

その計画に従って何度も予行演習を重ねていますから、いよいよの当日はうまく行きました。

丸で「しッ」と云う警蹕《けいひつ》の声が掛かっている様な工合です。しかし警蹕もこちらの気合いだけで、勿論「しッ」と云う声が聞こえたらぶちこわしです。

「つまりシュチンムングを出して詩人タゴールを迎えようと云うのでした」と彼女は独逸語で云った。シュチンムングは「気分を出す」と云う時の気分とか、情趣とか、そんな意味の言葉である。

彼女は一度、気分を出す様に準備して私をよんでくれた事がある。つまり私の気に入る順序、趣向で御馳走しようと云うのである。

彼女の家は本所石原町にある。そこへ私を招待しようと云う。私は田舎出なので、隅田川の向うのあっちの方は殆んど知らない。その時分まで行った事もなかったかも知れない。当日は勿論お迎えに来ると云う。知らない所の、知らない家へ行くのだが、遠慮する程の事でもない。勿論よろこんでその申し出に応じた。

お初さんは一人娘である。石原町のその家に父母共に健在で、お父さんは開業医だと云った。その一人娘が東京の学校を出てから台湾へ渡り、子供を産んでその子供が死んで、澎佳嶼の赤岩に見送られながら一人で帰って来た。どう云う結婚であったのかわからない。一人娘だから他家へお嫁に行ったのではなく、婿養子《むこようし》を貰ったのかも知れない。その婿さんを台湾へおいて、なぜ帰って来たのか。もし死んだのだったら、赤ん坊のお骨の外にお婿さんのお骨も抱えて来た筈ではないか。どうもよく解らない。しかし彼女は一番初めの時、一ことその話をしたきりで、その後は一度もその事に触れない。又強いて私の方から問い質す事でもない。

お初さんの一家も東京の人ではなく、九州の天草に近いどこかの出身であるらしい。関東大地震の年の春、彼女は郷里の地を訪ね、その時のお土産に天草の雲丹《うに》を持ち帰った。私の所へも雲丹を容れた土焼の壺を幾つかくれた。

私の好物なので早速食べ始めたが、一どきにそんなに沢山嘗められるものではない。どうして又こんなに幾つもくれたのだろうと思った。台所の揚げ板の下にしまっておいた。

食べかけていた壺が空いたので、縁の下から次のを出して見ると、中身が腐っていた。その外の壺もみな腐っている。こう云う物が腐るのはおかしいなと思った。何となく、いやな気持になった。

その初秋、九月一日にお初さんは本所の被服廠跡で焼死した。

## 四

打ち合わせたおよばれの日の午後、早目に彼女はお迎えに来た。本所石原町は遠いけれど、それでも夕方にはまだ早過ぎる。

出掛ける前に家でゆっくりしていた。どうも面白くない。胃のあたりが変である。

昔から私は胃腸が丈夫の様で、滅多に故障は起こらない。それが運悪く、あらかじめ打ち合わせてきめた今日と云う日の朝から胃の工合がよくない。昨日一昨日、何かお行儀の悪い不養生をしたかも知れないが、よくわからない。胃が痛いと気分が鬱する。よばれて行くのも億劫である。

しかし約束した事を取りやめたり、延ばしたりしては向うが困るだろう。こうしてお初さんが迎えに来てくれた後は、家の人が私の為に何かと心づもりの用意を進めているに違いない。兎に角出掛ける事にした。

当時の雑司ヶ谷は女子大学の裏の細い道を境にして、市内の雑司ヶ谷と郡部の雑司ヶ谷とに別かれていた。私は市内の小石川雑司ヶ谷にいたので彼女と連れ立って家の近くの腰掛け稲荷の前を通り、音羽の護国寺前の広い道に出た。並んで歩いて行く足取りが、一一胃に響く様で気分が重い。面白くないから殆んど口を利かなかった。

大塚仲町から市電に乗った。本所石原町までの道のりは随分長い。しかしその始めの、乗って走り出したばかりの時から、私はもう座席で居睡りを始めたらしい。隣りのお初さんに靠《もた》れ掛かったかも知れない。目がさめて見たらまだ富坂で、電車は前に傾きながら私の身体を彼女に押しつける様にして急な坂を降りて行った。

一たん目をさましたが、又睡り、何度も寝なおして昏昏とした気持の儘電車を降りた。折角気を遣ってよんでくれるのに、そうして私は御馳走によばれて行くのが大好きなのに、今日はちっとも楽しくない。

彼女の家では勿論私を待ち兼ねていた。すぐに二階の座敷へ通された。家に這入った時から、成る程かすかに薬のにおいがした。

早速御馳走の始まりである。先ずお初さんのお酌で一献を始めた。お母さんが下から銚子のお代りを運んで来る。少し廻れば重苦しい胃も或はらくになるかと思った。

そうして本当に少し良くなった様な気がし出した。

御馳走はいろいろ出たが、中心は骨入りの雞鍋である。何にいたしましょうと相談を受けた時、私から所望した特別料理で、小さく切った皮つきの骨をばりばり嚙《かじ》ろうと云う趣向である。

当時私はそれに凝っていたのだが、胃に変調を来たしている今日のお膳には甚だ不適当であった。しかしあらかじめそう云ったのだから、その取りきめ通り、ちゃんと私の前に出て来た。

お酒が這入れば、いくらか良くなると思ったけれど、始めはそんな気がしたが、矢張りらくにはならない。第一、そんなには飲めない。箸を動かしながら段段重苦しくなって来た。

お医者様だと云うのだから、この場の一時おさえの薬が戴けないか知ら、と頼んだ。

間もなく下から散薬を一包持って来てくれたが、大して役にも立たなかった。

お初さんだけでなく、家の人が心をこめてもてなしてくれたけれど、御馳走によばれていると云う気分になれない。長崎の方にゆかりのお皿や鉢を出してお膳の上を飾ったが、模様や絵柄を見て賞翫する気もしない。

要するにお客としてよばれて来た私の不調子が原因で、先方の好意を無にし、ちっとも面白くなく、到頭花が咲かず仕舞で宴席がお開きになった。

表に人力車が待たせてあった。少し雨が降り出している。来る時の電車は厩橋を渡ったが、幌をおろした人力車は被服廠の前を通って、両国橋を渡る電車の停留場に梶棒を下ろした。

## 五

今から三十九年前、大正十二年九月一日の日が暮れて辺りが暗くなると、東南の向うの空にむくむくと盛り上がっていた巨大な入道雲の塊まりが光り出した。

雲の形はこの頃写真等で見る原子雲、蕈雲《きのこぐも》に似ているが、蕈雲の様に下部の軸になる所が細くはない。下に広がっているらしいが、その上へ、上へと無数の入道雲を積み重ねて、層層累累と盛り上がり、暗くなった空を裂いて光っている。まぶしい様な白光りで、小石川雑司ケ谷の暗い盲学校の校庭にいる私共の手許まで明かるい。辺りの物が何でも見える。本所方面の大火の火の手が集まって、塊まって、大きな雲になり、地上の炎を吸って光り出したのだろう。

その白光りのする恐ろしい雲が、轟轟と鳴っている。暗くなる前から雲はあったが、暗くなってから、音が聞こえ出した。地響きが空から伝わって来る感じで気味が悪い。

一日の晩はまだ大きな余震が頻頻とあって、到底家には這入られない。年寄り子供を連れて盲学校へ避難していた。盲学校は私の家のすぐ前である。近所の人も来ていた。夜が更けてからは、校庭の端にある雨天体操場の中へ這入って、板敷きの上にごろ寝をした。平屋で頑丈らしい建物だとは思ったが、それでも矢張りその中に寝てはいられない程度の地震が何度もあった。あわてて外へ出て見ると、その建物の後ろの空で、恐ろしい入道雲の塊まりがますます光りを増して輝いていた。

お初さんがあの雲の下で死んだに違いないと云う事を、一日二日経つ内に人の噂で判断した。どこかへ行っていたなら兎も角、石原町のあの家にいたとすれば無事でいるとは考えられない。

何日目だったか、はっきりした事は覚えていないけれど、割りに早く、まだ日が経たない内に石原町へお初探しに行った。電車は不通だから、初めから往復みんな歩かなければならない。小石川から本所石原町まで、随分の道のりである。

半焼けのあぶない厩橋を渡って行った。

一足向う岸の、石原町の側へ渡ると、歩いて行く足もとの道ばたに、黒焦げの焼死体がいくつも転がっている。目をおおう光景であるが、それを見まいとしても、まだその隣り、その先に続いて転がっている。

その中に一つ、小柄の焼死体が目についた。焼け落ちる前の軒下と思われる所に倒れていて、黒焦げの顔に歯並みの綺麗な白い歯が列んでいる。何と云う事なく、お初さんではないかと思った。

しかし、ただそう思っただけで、何の根拠もない。

いつかの晩、一度よばれて来ただけだが、その家の在った場所の見当はついた。その前に起ち、ここだなと思った。辺り一面、見渡す限りの焼け野原で、目じるしにする物もないが間違いない。焼け落ちた後の土台の台石に暑い日がかんかん照りつけている。その上に何かある。近づいて見ると、鳥の頸の形をした瀬戸物の一輪挿しである。ちっとも疵がついていない。なぜこう云う中に完全な姿で残ったのかわからない。台石の上に持って来て置かれた様な恰好で、頸を上に向けて坐っている。

その一輪挿しを家に持って帰った。石原町は遠いので、歩いて雑司ケ谷まで帰ったら、もう夕暮れで、家の中は薄暗くなっている。電灯は地震の停電の儘でまだともらない。一輪挿しを薄暗い私の机の上に置いた。石原町の焼け跡で、天日に照りつけられていた所為か、持ち帰るつもりで手に取った時、一輪挿しの胴体は生きものの様に温かかった。

今、家に帰って私の机の上に置いた時も、今度は歩いて帰る道道、手に握っていた私の体温が伝わりでもしたのか、矢っ張り生きものの様に温かい。その肌を撫でながら、私は薄暗い机の前で涙がとまらなかった。

その一輪挿しは昭和二十年五月の焼夷弾の火事で無くなった。しかし頸を上げた鳥の姿や肌の色合いは、今でもありありと目の奥に残っている。

## 六

それから後も何度かお初さがしに石原町へ行った。どうも消息がはっきりしない。気になって、気持が片づかない。安否が知りたい。生死を確かめたい。確かめる迄もなく、死んだに違いないとは思う。しかしどうかした偶然で、あの日にそこへいなかったかも知れない。

何度行ったか覚えていないが、その後一度や二度ではない。電車は不通の儘だから、歩いて往復する。その途中、本郷真砂町の往来に面した家の戸口に、本所石原町の知人の消息が知り度い、お心当りの方はお立ち寄り下さいと云う貼り紙がしてあったので、先方の尋ね人のお役には立たないが、同じ石原町なら或はこちらの聞きたい手がかりが摑めるかも知れないと思って寄って見た。

しかし何の手蔓《てづる》も得られなかった。ただあの界隈は最もひどかったので、石原町の町内に生き残った人は恐らく一人もいないだろう。その場で潰された人の外は、殆んど全部が被服廠跡へ這入り、そこで一纏めに纏まって焼け死んだのですと云う話を聞かされた。

その後になってただ一つの消息が私の耳に這入った。石原町へ出掛けて聞いたのでなく、家に来るだれかが聞き出した事を伝えてくれたのである。お初さんは、その時病気で寝ていたお母さんを背中に背負って被服廠跡へ這入った。そこ迄は知っている人がいたのです、と云った。

それから後もまだ石原町や被服廠跡へ行って見た。

しかしもう諦めるより外はないだろう。

こちらで気持に区切りをつけて、お初さんの追悼会をする事にした。

盲学校の塀の角にある腰掛け稲荷の前に、町会の夜警小屋がある。町会に頼んでそこを貸して貰った。

護国寺の前の音羽の通に仏具屋がある。そこから白木の位牌を買って来て、お初さんの名前を書いた。戒名は知らないし、あるのかないのかそれも知らない。

夜警小屋の正面にそのお位牌をまつり、秋の果物や団子を供えた。お線香は長春香を焚いた。

その前に大きな鉄鍋を据えて、闇汁をする。本来は灯火を消して闇の中で食べる趣向だが、その代りに牛蒡《ごぼう》のあくを抜かないでそのまま鍋に入れて煮ると、中の汁が真黒になって何が何だかわからなくなるから、それを以って闇汁の闇とする。

豚の小間切れ、こんにゃくを味の台とし、その他何でも手当り次第黒い汁の中へ入れてぐつぐつ煮る。

闇鍋を取り巻くのは私の所でお初さんと知り合った学生達数人、それに宮城道雄さんも仲間に加わり、彼女の冥福を祈りながら闇汁の御馳走を食べた。

麦酒を飲んでいるから、暫らくすると小屋の中ががやがやして来る。大分大きな地震で小屋がぐらぐらした。まだ余震が続いているのかと思ったらそうではなく、力の強い金矢が小屋の後ろへ廻り、小屋ごとゆすぶっているのであった。

「お初さん、見ているばかりで可哀想だ。さあ僕が食べさして上げよう」だれかが鍋の中からこんにゃくをしゃくり出して、お位牌になすりつけた。北村だったか、森田だったか、「お位牌を煮て食おう」と云ったと同時に、自分の膝でぺりぺりとへし折って、闇汁の中へ入れてしまった。

「お位牌を煮て食べるんですか」と宮城さんが云って目をこすった。それから後は宮城さんはあまり食べなくなった。

## 七

翌年の九月一日に被服廠跡へおまいりに行った。まだ震災記念堂が出来る前だが、大変な人出であった。

年年その日は欠かさずおまいりに行った。なぜそんなに気になるのか、よくわからないが、行って来なければ気が済まない。ところが私だけでなく、矢張り毎年欠かさず行っていると云うのが、知人の中に二人も三人もいた。どう云う縁故の人を弔いに行くのか。矢張り一年二年行ったら、もう後はいつ迄も続けなければ気が済まなくなるのだろう。

何年か後には、もとのお初さんの家の跡に知らない表札の懸かった家が出来、その筋向いに小さなお寺が建った。

町内の焼死者の供養の為に建てたのかも知れない。往来からすぐ段段でお堂に上がれる様になっている。段段の下に記念碑があって、読んで見ると、当日の石原町町内だけの横死者七千人と刻んであった。

もとのお初さんの家の前を通り、そのお堂に上がってお賽銭を上げ、記念堂が出来てからはそちらへ廻って帰って来るのが年年の順序であった。

そうしてなおこれから先、いつ迄も渝《かわ》らないだろうと思っていた。ところが或る年のその日、いつもの道順で記念堂の方へ行く表通の往来へ出ると、両側に地もとの青年団員が大勢出ていて、何がどうしたのか知らないが、何となく殺気立ち、人を見る目にも敵意がうかがわれる。

大勢の参詣人の流れに交通整理をしているのはいいが、丸で喧嘩腰で、ぞろぞろ厄介者が後から後から続いてやり切れないと云った気勢である。

私なども、行きかけると両手をひろげて止められたり、そこの角を曲がろうとすると、そっちはいかん、いかんですと云ったら、と小突きまわされたり、こちらもじりじり腹が立って来た。

日支事変がいつ迄も後を引いて片附かない。いろんな物資が窮屈になった。時計の鎖や指輪は供出させろと云う事になっていた。

私の前の道ばたを、腰の曲がったお婆さんが杖をつきつき、小さな孫を連れて歩いて行った。矢張りだれか思い出す人があっておまいりに行くところだろう。

道の角にいた団員の一人が、杖を突いているお婆さんの手の指に、銀色の細い指輪が嵌まっているのを見つけた。

「ちょいと、お婆さん、それは何です」

「へえ、何ですかの」

団員は犯人を見つけた様な勢いで云った。

「おい君、この婆さんは指輪を嵌めてる」

「何、指輪」

「白ばくれてるんだよ」

相手は引き渡された犯人を受け取ったつもりで、「ようし、調べる。お婆さん、ここへ這入って貰おう」

外にもまだ二三人いるテントの中へ引きずり込む様にした。孫が後からよちよちついて行った。

もう二度とこんな所へ来るものではない。大事な思い出をこわされてしまう。そんな事がなかったとしても、後何年続いたかわからないが、その年のその日を私は最後にした。

しかし私はなぜそんなにお初さんを探しに行ったのか。ただ消息が知りたかったと云っても、消息を突き止めてどうすると云うのだろう。

又なぜそんなに何年もの間、決して欠かした事なくその日のおまいりを続けたのだろう。人ごみに交じって、むくむくと立ち騰《のぼ》る香煙の向うに何を見ようとしたのだろう。

生きている間は、実にそっけなく附き合ったが、いなくなると一生懸命に探し、いないときめた後は又いつ迄もその思い出に取り縋ろうとする。

三十九年の昔話、その間にいろいろの事があったが、今でもたまには思い出す。そのお初さんの面影も大分遠くの方へ薄らいだ。

# ヒマラヤ水系

## 一

春先になってから、雨の降る日が多い。

今日も夜来の雨が降り続き、午過ぎから雪まじりの霙《みぞれ》になっている。雨脚の中に白いものがちらちら見えて、わびしい。

私の家の近所は、もとは生垣の多い屋敷町であったが、空襲の火事で焼き払われてから、すっかり昔の面影を失い、殺風景なビルばかりが建ち列んで、早春の雨に濡れる風情などと云うものは薬にしたくも無くなった。

ただ硝子戸越しに家の庭に向かい、雨の姿に詠《なが》め入ってぼんやりしている。遠い山に雨が降っている景色を想像する。山城、摂津あたりから西の方、郷里の備前平野の向うに連なる山の姿、更に九州に渡っても、あまり嶮《けわ》しい山容は目に浮かんで来ない。

ところが東北又は北陸に向かう途中に見た山の形は、きびしく不安定で、峯のあたりが欠けていたり、こわれ掛けている様に思われたり、回想の中に残っている子供の時から見馴れた山とは丸で勝手がちがう。

大空に食い込んだ様な、そう云う山のたたずまいはまた、写真などで見る遠い国のアルプス連峯や、ヒマラヤ山系の山波を聯想させる。

ヒマラヤ山系と云えば、往年の私の阿房列車の同行ヒマラヤ山系君にその聯想が移る。彼はついそこに、身近かにいるので、又自分の事を持ち出したかと思うだろう。

阿房列車数篇のうち、その一番古いのはすでに十何年昔の話になっている。従って山系君もその当時から見れば、すっかり大人になり、えらくなり、もとの儘の一つの機構の中にいるのだから、後輩もあり、自然部下も出来る。

ヒマラヤの山中に源を発する水系には、印度の大河ブラマプートラ、ガンジス、インダス等がある。行って見た事はないが、私は前前から何かの機会があれば自慢している通り、中学の外国地理で詰め込まれた東洋の大河十五流の名前を棒暗記に暗記して、いまだに覚えているので、ヒマラヤ水系の大河の名にも古くからの馴染みがある。

## 二

山系君の後輩の二三君に就いて、意味もない話をして見よう。月旦評を試るとか、噂話を披露するとか、そんなはっきりしたつもりはない。

しかし、みんなついそこにいるのだから、本名を出すわけには行かない。それは善きにつけ、悪しきにつけ、差しさわりがある。羅馬字《ローマ》のイニシャルを使うのは面白くない。私は好きではないので、成る可く避ける。

私共が学校に学んだ当時は、その後の優、良、可、不可の評点を、甲、乙、丙、丁で現わした。「全甲」の成績で優秀、などと云った。丁は落第点。

勿論甲が一番いいのだが、この頃では等級を現わす云い方が変な風に混乱している例がある。ABCで三段に分けた場合、Aは甲乙丙の甲に当たり、一番上等な筈だが、西洋料理などの値段表にAが最も安く、Cが最上だったりする。日本料理や披露宴の等級に松竹梅を使って、一番上の松が一等だと思うと、そうでなく、梅が一番高かったり、どうでもいい様だが、そんな小細工をする側の心事に面白くないところがある様に思う。

甲乙丙、ABC、松竹梅。

その他、天地人、雪月花、花鳥風月。

五常の仁義礼智信。

八犬伝では仁義礼智忠信孝悌。

昔私が語学教師をしていた時、自分から申し出て、つまり志願して、私の出ている学級の作文を受け持った事がある。

作文は教室の即題としては課せず、専ら宿題として時時書いて来させた。題を与える事もあるし、自由題にする事もあるし、いずれにしても、いついつ迄にと申し渡した日には、何十人の学生が大概遅滞なく提出した。

感心な彼等だとは思うけれど、一つには私が作文の先生であるだけでなく、こわい学課の独逸語の先生でもあるので、作文の提出をなまけた為に、にらまれる様な事になっては合わぬと云う顧慮も彼等にあったのだろう。

作文は試験の答案と違って、銘銘本人の手許に返してやる習わしになっていた。ただ返してやるのではない。その前にこちらで一応目を通して、出来れば朱を入れ、添刪してやる。しかし大勢の作文を読んでなぞいられるものではない。第一、そんな必要はない。作文を課するのは、ただ時時自分で何かを書き綴る修錬をさせればいいので、彼等が文稿を提出した時、すでに作文授業の目的の大半は達している。後は積み重ねの中の幾篇かをいい加減に抜き出し、それに就いて簡単な注意をする、示唆を与える。それでその回の作文の処理は終った事にする。

学生の一人が私の所へ訪ねて来た。

玄関の上り口の邪魔になる所に、そのクラスの作文の束が積み重ねてあった。

「先生、これは何ですか」

「君達の作文の束だよ」

「ああ、いつかの、あの時の」

「そうだよ」

聞いては悪いと思ったのか、それきり黙っていた。

さて、その内に返してやる。いつ迄もほっといては場所ふさげで邪魔である。

返すには恰好をつける。そこで上掲の符号により評点をつける。どうせみんな読んでいるたわけではないから、正確な等級に分ける事は出来ない。しかしこちらの云った通りに提出した点で、すでに全部合格である。彼等は作文練習の実を挙げている。だからあんまり上下の差別をつけない方がいい。

甲乙丙やＡＢＣでは、はっきりし過ぎる。天地人でも矢張り優劣を明示した様に見える。

仁義礼智信や八犬伝を持ち出してはクシャ、クシャする。第一彼等に馴染みのない言葉で、しっくりしないだろう。

雪月花と花鳥風月を交互に使う事にした。

一人の学生が手を上げて尋ねた。

「僕は花を貰いましたが、花と云うのは何ですか」

「甲乙丙とか、ABCとか、そう云う中の一つだよ」

「そのどれに当たるのですか」

口で云ったのでは解らないと思ったから、後ろの黒板に書いて見せた。

雪月花

花鳥風月

「この中の花だよ」

「そうすると、雪月花の一番下ですか。びりですか」

「雪月花なら丙だね。しかし花鳥風月だと甲だよ」

「今度の花は、そのどちらなのです」

「さあ、どっちだったかね。僕もよく覚えていない」

そんな事で何となく作文の授業は済んでしまう。

ヒマラヤ水系の話をするに就いては、この方式に則《のっと》る事にする。

## 三

昔、漱石山房の木曜日の晩に、安井曾太郎さんが来た。津田青楓さんがお連れしたのだったと思う。

安井さんが仏蘭西から帰って来て間もない時で、何だか席上そんな話が出た様であったが、どんな話題だったか、私には丸で記憶に残っていない。

ただ、今でも覚えているのは、その席に小宮豊隆さんがいて、安井さんの手の指を指ざし、或は小宮さんがその手を取って示したかも知れない、漱石先生に向かい、安井のこの指を御覧なさい、この長い事、どうです、と云った。

画家は指が長い。長くなければいけない。音楽家も器楽の分野の人は指が長くなければいけない。勝れた演奏家は指が長い。

ヴァイオリン、ピヤノ、その他皆然り。そう云われれば琴でも三味線でもその通り。

その晩のその席で、そう云う事を教わった。

外国の事か、日本の事か、よく知らないが、ピヤノの人が、もっと指を長くする為に、指の股を深く切る手術を受けたと云う話も聞いた。

ヒマラヤ水系の一人、花鳥風月か雪月花か、どちらでもいいが、その中の「花」の花田は、山系のいる機構に勤務しているけれど、絵もかく。すでに何回かの個人展覧会を開いている。その花田の指が恐ろしく長い事に私は気がつかなかった。年来何度も会う機会はあったし、私の家にも来ているのだが、知らなかった。最近偶然写真で見て、おやおやと思った。私のいる会合の席で撮られたスナップ・ショットに写っている。

しかし指が長くなければいかんと云う事は、その儘すぐに、指が長くさえあればいいと云う事にはならないだろう。安井さんの指は長かったけれど、花田は自分の指が長い事に自分で意味を持たせなければ、安井さんの聯想は何の役にも立たない。それ努めよや、と云いたいが、実は私は絵の事は何も解らないので、どの辺をどう押してやったらいいのか、見当はつかない。

そのスナップ・ショットの撮影者は、矢張りヒマラヤ水系の一人、雪月花、花鳥風月の月本である。

下谷の入谷《いりや》の、恐れ入谷の鬼子母神のすぐ近くに馴染みの縄暖簾があって、或る晩、山系君と相携え、暖簾を掻き分けたら、野鳥を焼く煙の濛濛と立ちこめたる中に、月本がいる。こん畜生、年端《としは》も行かぬ若造の癖に、と彼を請じ、私共の間に入れて、更めてこんにゃくの田楽や、おろしだいこでもてなした。

ついで乍ら一寸一言《ひとこと》申し添えたい。御当地、即ち東京《とうけい》では、だいこんおろし。私共が育った田舎では、おろしだいこ。だいこんの「ん」は論外として、「おろしだいこや、笛の音《ね》も」の洒落《しゃれ》た地口は、おろしだいこでないと語呂が合わない。

その次に、少し間をおいて又お出掛けになった。今度は山系君同道ではない。一緒だったら咄嗟《とっさ》にとめてくれただろう。

いつもの通り、実にうれしい気持で暖簾を掻き分けたら、すぐその前にまた月本がいる。何だ、こん畜生、年端も行かぬ若造の癖に、と手に持った籐《と》のステッキで彼の頭を後ろから、コンコンと音がする程たたいた。

彼の席から鉤の手になる場所に腰を下ろし、よくよく見れば人が違う。今その頭をコンコンと音をさせて敲いたのは彼ではない。

これはどうも恐れ入谷の鬼子母神で、何とおわび申せばいいか。平家蟹《へいけがに》の様に平ったくなって、こっちの側からお許しを願った。

コンコンと音のしたその若いお客は、どうもあんまり怒っていない。すまなかったとは思っているけれど、少し安心した。私がもといた大学の史学科の学生だか、卒業生だったそうで、それにしても縄暖簾のおやじさんが、向うが怒り出さない内に取りなしてくれたのだろう。

　しかし、お酒の場にしろ、本当に悪い事をしたと後でもそう思っているところへ月本の挨拶が届いた。「すみませんでした。僕が悪かったのです。その晩僕が行っていないのがいけなかったのです」

　行っていれば僕の頭でコンコンと云うのだろう。しかし彼の頭があんないい音がするかどうか、わからない。

　水系の秀才、三人目の雪田は、雪月花、花鳥風月などを持ち出さなくても、元来彼には蝙《こう》蝠傘《もりがさ》という看板がある。

　蝙蝠傘の雪田は頓珍漢《とんちんかん》である。それはその筈で水系の源流の発する所ヒマラヤは、世界の屋根と云われる頓珍漢の連峯である。

　先年雪田の蝙蝠傘がまだ静岡にいた時、東京の山系さんを訪ねたいと云うので、あらかじめ打合せをした。

山系君が、よし、おれが東京駅へ迎えに出て待ってやる。蝙蝠傘の雪田が、では、そう云う事で、お願いします。

山系君が約束の時間に東京駅へ行って、乗車口、口車ニ乗ルと云われた今の南口で待っていたが、待てどくらせど蝙蝠傘は来ない。

愛想を尽かして、少し腹を立てて、怪しからん奴だと帰ってしまった。

蝙蝠傘の雪田は今の北口、もとの降車口で山系さんを待っている。二三時間待ったらしいが、もうそろそろ終列車になりそうだから、あきらめて、秋だったのだろう、お土産に持って来た蜜柑の箱をさげて、すごすご又静岡へ引き返した。

私の様な目から鼻に抜ける程利口な者から考えると、そもそも、考えても考え及ばない、彼等は東京駅に出口が幾つあると考えているのだろう。阿呆たらしくて馬鹿らしくて、ただただ、あきるるばかりなり。

静岡の後輩が訪ねて来ると云う打合せを受けた山系さん、お前さんは東京ずれのした江ッ子だろう。話を聞いただけで、じれったくなって、方方が痒《かゆ》くなった。

蝙蝠傘の雪田が子供を生んだ。正しく申さば子供を生ませた。蝙蝠傘家にお子さんが出来た。

乃《すなわ》ち私は心ばかりのお祝をした。山系君もお祝を贈った。

そのお返し、と云うと香典返しの様になるけれど、そんな事で新米の若いお父さんが間違えたのだろう。三十五日とか、四十九日とかにくれるお茶を送ってよこした。

あんまり変な事をするので山系君に、先輩としての指導よろしきを得ざるが故にかくの如きか、と文句を云ってやった。

忽ち静岡恐縮し、私にも山系にも蓋に「壽」の隷書を浮かした沈朱の輪島塗を送って来た。今こうして机に向かっている座右に、長崎福砂屋のカステラを入れたその菓子器が侍している。

お茶をくれたと、あしざまに文句は云ったが、そのお茶もその時すぐに飲んでしまった。吉凶双《ふた》つながら並び進んで、どっちもよろしく頂戴いたす。

彼は今、東京に居を移し、山系を直属長官として勤務している。ほまれも高き大山系、流れは遠き長水系、長官と部下が何をしでかすかわかったものではない。おたじようと忌明《きあ》け、降車口と乗車口、別別です。トッチン、カッチン、鍛冶屋《かじや》の子、これを詰めて頓珍漢と云うのです。

# 車窓の稲光り

お午頃に博多を出た東京行の特別急行列車が、快い轟音を立ててごうごうと走って行く内に、狭いコムパートの中で時が過ぎ、もう外は薄暗くなって来た。

同室のヒマラヤ山系君をうながして二三輛先の食堂車へ来た。丁度今その時刻である。席があるかどうかとあやぶんだが、幸い向かい合いの二人卓が空いていた。そこに落ちつき、もうこうなれば天下泰平国土安楽である。ついお酒が廻って、旅行は楽しいものであると、しみじみ思う。

しかし、その中に在って一つひどく気になる事がある。通路を隔てた向う側の食卓の窓に、時時鋭い稲光りが射す。大体汽車に乗っていれば雷様はそれ程こわくないものだが、あんまり窓近くでピカピカやられては矢張り不安である。

そう云えばお午頃博多を立つ前から、ホームに起っている頭の上で、相当強い雷鳴を聞いた。九州ではよく東支那海の低気圧に乗った雷雨に襲われる様だが、今のこの夕方の食堂車の窓にピカピカするのは、それとは関係はないだろう。どこかこの辺りに発生した雷雲のなせるわざに違いない。相当近い様だが、幸い列車の轟音に消されて、じかに雷鳴は聞こえない。

煌煌《こうこう》と明かるい食堂車を取り巻く窓はみんな墨を塗った様に暗い。今どこいらを走っているのかわからないが沿線の明かりがあまり見えない。私と山系君の占める食卓の向う斜の窓に、頻りに稲光りが走る。ピカピカ、チカチカと窓を突き刺す様に光って消える。いい心持に御馳走を食べ、大分お酒も廻って来たところだが、稲妻の饗宴となっては、心安らかではない。

私共のテーブルと、稲光りが頻りに走る暗い窓の間の四人掛けの食卓に、一団のお客が著座している。いつその席へ来たのか、こちらが気がつく前からいたのか、よくわからないが、三人は今の新制中学校の卒業生らしい年頃で、もう一人は彼等の先生であると見受けた。

彼等はその頃の列車の等級別から云えば三等車から、この食堂車へ出て来たらしい。何か茶菓を前にして、四人はむつまじく、楽しげに団欒《だんらん》している。稲妻の光る食堂車の中の生徒達と先生。何と云ううれしい光景であろう。こちらが少少廻っていて、敏感になっているところへ、痛いものにさわられた様な感激を覚え、何度も思い返し、躊躇した挙げ句に、ボイを呼んでそのテーブルへちゃんとしたケーキとレモン紅茶を運ぶ様命じた。

又山系君にそっちへ行って、お茶を召し上がって戴きたいと思ってボイに命じました。よろしかったら、どうぞと云って先方に失礼がない様に挨拶してくれと頼んだ。

矢っ張り酔っ払いの大袈裟な仕業だったに違いない。しかし幸い向うでも快く受けてくれた様であった。山系君が座に帰ってから伝えるところによれば、連中はこの春鹿児島の中学を出た卒業生とその受持の先生で、彼等は東京で就職する為上京する。それに附き添って一緒に東上する先生の一行であった。長旅の車中のつれづれに、宵のお茶受けを楽しもうと食堂車に出て来たところであった。

よい先生、いい生徒達、彼等はこちらの差し出した茶菓を綺麗に平らげて、その内に席を起ち、私共の方に一礼して食堂車を出て行った。

私と山系君はまだまだ神輿《みこし》を挙げなかった。その時分が一番いいところで、他の客に早く席を空けろとせっつかれるでもなく、ボイなども構わずほっといてくれる。

しかし結局はもう切り上げなければならない。窓の稲光りは既におさまったのか、汽車がその辺を通り過ぎてしまったのか、何の事もなくなり、小さな明かるい灯《ひ》がちらっ、ちらっとすごい速度で飛んでいる。

コムパートに帰り、一晩寝て朝になった。もう東京に近い。目がさめると、先に起きていた山系君が、昨夜の連中からこれを差し上げてくれと頼まれたと云って、ボイが届けて来たと云う菓子折の様な包を出した。

何だろうと思って山系君と開けて見たら、鹿児島の軽羹《かるかん》饅頭であった。思いも掛けぬ事で、先方の心遣いを済まないと思う。かるかんは鹿児島の名物で難有いけれど、案ずるに彼等は今度の就職に就いて世話になった人、又知り合いの先輩の所なぞへ贈る心づもりで、遥遥南九州の果てから持って来た物を、私の方へ割愛してくれたに違いない。

その後到来物や手土産品でかるかんを口にする度に、稲光りの走った窓辺《まどべ》の中学生を思い出す。

# 見ゆる限りは

## 一

独逸人オットー・ヘルフリッチさんが教室に這入って来た。何となく面白そうな顔をしている。

ポケットから小さな紙片を取り出して、たどたどしい日本語で読み上げた。

　吉野ヤアマ、霞の奥はシュラねども、見ゆる限りはサクラなりけり

この歌を今すぐそこで独逸語に翻訳しろと云う。草稿用の藁半紙をみんなにくばって、どうだ、と云う顔をしている。教授室で日本人の同僚の先生のだれかに教わって来たのだろう。

色の白い、我我は白がいろいと云ったが、いかにも独逸人らしくでっぷりふとった体格で、鼻の下にチョビ髭を生やし、ぴちぴちしていて、愉快であった。どう云う学歴の人か知らなかったが、独逸から日本へ赴任して来たばかりで、全く独逸国の深山幽谷にて生捕ったる独

逸人と云う感じであった。しかし聞くところに依ると、俸給は大変高く、その時の六高の第一代目酒井佐保校長が年額三千円であったのに対し、ヘルフリッチさんは同額の三千円であったと云う。

勿論日本語は丸でわからない。しかし教室で何か片言を云う。なまの奥さん、は新婚の新夫人の事である。モチャはおもちゃの「お」はいらないと思って省いたのだろう。我我生徒は中学五年の間英語を教わって、英語で受験して入学した高等学校の生徒である。だから英語なら大体わかる。ヘルフリッチさんは、独逸語の橋渡し、媒介として英語を使った。新らしく教えた独逸語を、教室のみんな一緒に言って見ろと云う時、ドッコイサ、ドッコイサと云う。英語のツゲザアの意味である事はみんながじき会得した。勝手のわからない外国人、毛唐人《けとうじん》ではあるけれど、何となく好もしい人柄の様である。

私なる者は一人息子で我儘で、胆は小いさく臆病であったが、図図しい面もあったらしい。このオットー・ヘルフリッチさんを訪問しようと思い立った。

当時の官立高等学校はどこでも全寮制で、私の六高もその例に洩れず、入学したらみんな寄宿舎に這入らなければならなかったが、私の生家は学校に近く、校内の寄宿舎から教室へ出て来るのと、私のうちから出掛ける教室迄との距離は、むしろこちらの方が近い位であった。そんな事が考慮されたか否かわからないが、私は寄宿舎へ這入らなくてもいい事になった。それは我儘者の私自身に取っても、また父が亡くなった後の母や祖母にも大変難有い事であった。

だから私がオットー・ヘルフリッチさんを訪問しようと思い立ったのは私の家の私の部屋である。

訪ねて行って何を話そうか。

話すと云っても、まだなんにも独逸語はまとまらない。相手の言う事は毎週毎日顔を合わせて教わっているので、何とか大体の意味はわかるだろう。イエス・ノー、独逸語のヤー・ナインで埒はあくとたかを括った。その程度の自信で外人の相手をする。相手をすると云うよりは、向うから来いとは云っていないのに出掛けるその図図しさ、あきれたものと自分であきれる。

ヘルフリッチさんに会って、何を話そうとするか。

生家の近くに、塔ノ山と云う墓山がある。全山花崗岩から成る岩山らしく、近頃毎日毎日、ドカンドカンとダイナマイトで岩を崩す音響が辺りを震わせている。ヘルフリッチさんの住居は方角は違うけれど、塔ノ山との距離は私の生家より近いかも知れない。

訪ねて行った話題として、「先生、毎日あんなダイナマイトの音がして、うるさくはありませんか。あれは岩山を爆破しているのです。ドカンドカンと響く爆裂の音、エクスプロジオーンはいかがですか」と切り出すつもりであった。

私の部屋にある小さな和独字書を引いて見たが、エクスプロジオンは出て来ない。和英の方にはあったので、独逸語の外来語らしく、最後の音を長く引っ張って、エクスプロジオーンと云って見たが、何しろ初めから私が何を言おうとしているのか、先方には通じないらしい。ただ「爆裂」と云う言葉だけが解った様で、ヘルフリッチさんは目をクリクリさせた。

ヘルフリッチさんのお宅は、私共の氏神様玉井宮の境内にある。全体が小山になっていて、その外れの崖の上に建った木造平家の普通の民家であるが、ダイナマイトの爆裂音の塔ノ山には空中距離として甚だ近い。私が話題のお見舞として、うるさくありませんかと尋ねたのは大変適切であった筈だが、ただなんにも通じなかったらしい。

塔ノ山は墓山で、小さな丘一帯に墓石が金平糖《こんぺいとう》のつののつのの様に列んでいる。その下の花崗岩をダイナマイトで遠慮なくこわして行くから、表面に林立した墓標は崩れざるを得ない。

私の生家の又隣りは空地で、古井戸があり、雑草が一ぱい茂っているが、そのもう一つ隣りはもと豆腐屋であった。豆腐屋のおばさんが亡くなった時、お宗旨が神道だったので火葬にせず、頭も丸めず、丸髷に結った儘、座棺に納めて塔ノ山へ葬った。もう何年も前の話で、人が忘れた頃の今になって、そこをダイナマイトでドカンドカン崩したものだから、豆腐屋のおばさんの座棺がころがり落ちて出て来た。人人が驚いて蓋を開けて見ると、神道のおばさんは死んだ時の儘の屍蠟《しろう》になって、丸髷姿できちんと坐っていたと云う。

私の語学でヘルフリッチさんにそんな話は出来やしない。向うが何か云ってくれるのはおよそ解るけれど、もうそろそろおいとまして帰ろうと思う。

するとヘルフリッチさんが、一緒に食事しようと云い出した。云われて見れば夕方である。しかし私はそんな事は予期していなかったし、又腹も減っていない。おことわり出来ない事もないが、矢っ張りそう云われて見ればその気になった。

メードのおばさんが大きな楕円形《だえんけい》の鉢を持ち出して来た。牛肉のシチューの御馳走である。ジャガ薯や人参が一ぱい這入っている。しかしその一皿だけ、それに麵麭《パン》と、麦酒がストーヴの足もとに円陣を造って列んでいる。その時分私はまだ麦酒をあまり飲んではいなかったが、その時一二杯は頂戴したかも知れない。

ヘルフリッチさんは独逸人らしく麦酒をがぶりがぶり飲み、私にシチューを取れとすすめて、フム、フムと何と云う事なく御機嫌になった様であった。

いろいろと話しかけてくれたが、何を云ったのか余りはっきりしない。先方はさぞもどかしかった事と思う。しかしメードのおばさん一人で食事するよりは、私の様な相手でもいくらかましだったかも知れない。

## 二

金平糖のつのつの様にお石塔が列んだ墓山を、ダイナマイトでドカンドカンと取り崩す爆裂音、その物凄い響きが間近かに轟く丘の玉井宮の境内のオットー・ヘルフリッチさんのお宅で大きな小判形のシチュー皿の御馳走になってから、歳月移り変りて十何年、私は学校を出て独逸語の先生となり、その学校で独逸語科の主任教授である。部下と云っては当たらないかも知れないが、しかし受持時間の配分その他何でも私の云う事を聞かせる独逸人の同僚もいた。自然私の語学力はヘルフリッチさん当時の独逸語よりは上達している。

私は俸給、給与が足りなかったわけではなく、普通以上の待遇を受けて来たが、それが却って禍して家政上の破綻となり、借金に苦しみ出した。相手、と云うのは債権者だが、それがみんな百戦錬磨の高利貸なので、何年も経たぬ内に手もとが行き詰まり、暮らしが立たなくなった。しかしまだ若かったので、そこいらで諦めると云う気持にはなれない。何とかして立て直そうと思い立ち、債鬼の渦巻く東京を離れて、地方へ、主として郷里だが、その為の金策に出掛ける決心をした。

いきなりその目的地へ乗り込んでも駄目である。先ず足場を京都にもとめ、もとの高等学校の同級生の家へのたれ込んだ。

その友人は同じくヘルフリッチさんの生徒であった。だからヘルフリッチさんの消息は割りによく知っている。

ヘルフリッチさんは岡山の第六高等学校から、京都の三高へ転任した。恐らく栄転だったのだろう。小判皿のシチューから十何年が流れている。日本人の奥さんを貰い、これこれの所にいる筈だと友人が教えてくれた。私は独逸語が大分うまくなっている。その後大いに勉強したと云うわけではないが、全く教ウルハ学ブノ半バナリ。半ばどころではなく、教壇に起ち、学生生徒を教えて恥じを掻き掻き、どの位独逸語が身についたかわからない。

金策旅行の足だまりに居候している友人も感心して、君の独逸語は実に立派になった。随分勉強したのだなと云う。彼はその道の大学者なのだけれど、語学教師ではないから、独逸語はたどたどしい。そう云えば感心された私にも思い当たる事がある。日本橋の丸善へ独逸書を買いに行く。当時学生の私と同年配ぐらいのその階の店員が、本の背文字を読む発音の立派な事に感心した。

友人もその程度で私の語学に感心したかも知れない。友人一家はクリスチャンでお酒の用意、酒器などはない。私はお酒飲みである。乃ち奥さんが隣家から燗徳利、酒杯まで借りて来て毎晩サアヴィスしてくれた。そうなると、そう云うお酒と云うものは又一段とおいしい。適当に杯を納め、さてヘルフリッチさんの所へ行って来るよと起ち上がった。

著物は旅具の中に持っていたかも知れない。袴は友人のを借りたのだろう。俥を呼んで貰って、一杯機嫌の酔顔を京の夕風に吹かれながら出掛けた。

そう遠くはなかった様だが、俥屋が梶棒を降ろした所は門構えの邸宅で、玉井宮境内の時とは勝手が違う様である。

取次ぎの案内で通ろうとしたら、十何年振りのヘルフリッチさんが顔を出して、よろこんで迎えてくれた。

これからベラベラまくし立て、一杯機嫌の独逸語で久闊を叙して肝胆相照らそうと舌なめずりして玄関を上がった。

奥の間へ通って見ると、先客がいる。それが何と私達が六高に入学した当初から、AB《アーベー》

C《チエー》で始まり、ギュウギュウ一滴の雫も残らない程絞りに絞られた独逸協会学校出身の先生である。アッと驚き、グッと咽喉が詰まってしまった。

先ずその先生に挨拶した。当のヘルフリッチさんへの挨拶は、その一ことすら咽喉から出にくくなってしまった。うっかりした事を言えば笑われると、そう思ったわけではないが、本能的にちぢこまって仕舞ったのだろう。

ここへ来る迄の俥の上の一杯機嫌の勢いもどこへやら、息づまる様で興ざめて、座に堪えない思いであった。

日本人の方の先生は、独逸協会風の発音でヘルフリッチさんとらくに話し、時時は私の方にも何か話し掛けるが、こちらはその応答も上《うわ》の空である。当のヘルフリッチさんへは殆んど何も言えない。到頭ほうほうの態でその座を失礼した。

帰りの俥を呼んで貰う事なぞ勿論出来ない。外へ出て、どんな道をどう歩いたか覚えてもいないが、無事に友人の家に帰る事は帰った。

# 舞台の幽霊

## 一

その晩帝劇の本興行が終った後、特別追加の幕で幽霊を上演すると云う。私は幽霊好きとか、幽霊ファンなどと云う者ではないつもりだが、そう云われて見れば見て見たい。あまり気が進まないらしい家内をそそのかして幽霊を見に出かけた。

舞台の中空に仕掛けがあるのだろう。昔風のドンドロドロの幽霊が一体、左から右へ、つまり舞台の上手に向かって流れて行く。風に吹かれ、水中を泳ぐ様な恰好ですうッと消えてしまう。その気味わるさ、恐ろしさ、身の毛もよだつばかりなり。

これは何だろうと思う。舞台の天井裏から針がねか何かで、マネキンの様な幽霊を吊るし、それを横に流したに違いない。舞台の上手で消えてしまうところの効果が大変よろしいが、消えたからよかったけれど、そこで消えなかったら芝居にならない。

私の今の、押すな押すなの忙しい残夢の中に、なぜ幽霊などが出て来たかと云うに、東京から余り遠くない東北の田舎の、国鉄ではない会社線の電車線路の、警報機のない踏切りですでに八人電車に轢かれて死んでいると云う。篤志家がいろいろその筋へ交渉したけれど、埒があかないので、意を決し、幽霊を二体造らせて、その踏切りに置いた。

電車が来ると、ヘッドライトでそのマネキンの幽霊の目が変な色に光り、風圧で髪は乱れて流れ、裾は風になびき、運転手も起ちすくむ様だと云う。

他意あるにあらず、皆さん気をつけろと云ってるだけだが、この思いつきに腹を立てた人もいるらしく、幽霊二体の内の一体は二三日後にどこかへ持ち去られてしまったそうである。篤志家は警察署へ幽霊の捜索願を出すわけにも行かず、どこかの空地で燃してしまったか、川の流れに捨てたか、いまだにわからぬそうである。巡視船やヘリコプターで幽霊の行く方をさがす程の事でもなし。

そんな話が記憶にあったので、帝劇の舞台の幽霊は踏切りの幽霊を横に流した事になるのだろう。

恐ろしくこわかったので、こわかったから堪能《たんのう》した。幽霊の流れる下の平の舞台では、華やかな振り袖の踊りがあって、賑やかな囃子《はやし》がつき、その対照が誠にあざやかであった。

## 二

幽霊の幕がはねてから、外へ出て見ると、夜の空は薄曇りらしい。風があって、あたり一面に砂ほこりが立ちこめている。同行の家内をうながして薄明かりの砂風の中へ出た。十年くらい前に死んだ筈の久米正雄君が、後になり先になり、私共と一緒に歩いて来る。いつとはなしに話し出して、大変なつかしい。久米君曰く、ケブな晩ですなあ。

全く以ってその通り、あたり一面薄い砂の幕がかかっている。帝劇から出て来て、日比谷の方へ歩いたのだが、濛濛と云う程ではないけれど、一帯に砂の幕が垂れ込め、行く手も定かならず。ひとりでに祝田橋のあたりから足が右へ曲がると、後年の空襲の焼け跡の様な空地があって、その一端に杉だか欅《けやき》だか知らないが、亭亭たる大木の並み樹が、向う迄見遥かす目の果てに続いている。

並み樹の終ったあたりが、少し薄明かるくなっている。方角から云ってあすこは神田だろうと思う。

久米君はよく話す。アリストファネスがどうしたのですか。

私は帝大に這入ってから、最初の一年は休学したので、二年目から学校の経歴が始まる。

しかし休学した第一年目にも始めの内学校に顔を出した事はあるので、その時の同期生にも知り合いはある。古いなつかしい友達もいるけれど、第二年目からが本ものであり、その学年の最終のクラスに芥川龍之介がいたのですよ。

芥川がどうしました。

芥川は制服の事もあったが、目に残っているのは紺がすりの和服姿で、例の通りひょろひょろしていました。

先生は仏人のコットさんで、そのコットさんが英語で講義をする。だから he と云うのを、仏蘭西風にイーと発音したり、he comes がイー・コムになったり、聴き取りにくかった。何年か続いた講義の中の、丁度私共が授業を受けたのは、希臘羅馬《ギリシヤローマ》文学史の中の希臘喜劇のところで、その一年は主としてアリストファネスの喜劇であった。

仏人コット講師が胡瓜《きゆうり》の様な長い顔をして、頻りに芥川君に当てる。ミスタ・アキュタガーワ。芥川は紺がすりにて起ち上がり、先生から渡されている英語のプリントのガリ版を読む。その字句に就いて別にパラフレーズするわけでもないが、読んで行けば本人に解っていると云う事は先生にも受け取れるのだろう。聴講生一同文句なくそれでその授業は済む、と云うわけなんだよ、久米さん。

さっきから、帝劇を出て来た途端、砂風の中に這入って暫らくすると、馬鹿に咽喉が乾いて、珈琲かアイスクリームが欲しいなと思った。家内も同じ事を云う。しかしその後の続き、進行でそうも行かず、その儘になっていたが、見遥かす向うの神田の明かりを見るにつけ、何とか咽喉をうるおしたいものと思う。咽喉がかわくと云うのは、我儘、贅沢ではない。もっと必然のものであると、のどをからからさせながら考えて歩いている。

久米君が云う。あすこいらで一杯やりましょうか。

## 三

あそことは、どこです。

向うの明かるくなってる所は麻布でしょう。

丸ノ内から云って、神田と麻布は前と後ろで、逆で、丸で見当がちがう。

久米さん、変だね。それはおかしいよ。

いいんだよ。あすこに支那料理屋がある。そこで一杯やろう。咽喉がかわいているんでしょう。

咽喉はかわいているけれど、それでは方角が逆で、矢っ張りケブな晩だな。

久米君の云う麻布に向かった左側の店に這入った。もうっとしたいきれの中で、若い女の子がキイキイ云ってると思ったら、手に手に胡弓《こきゅう》を弾いているのであった。

椅子に腰を下ろすと、いきなり一人の支那服の娘が私の膝に乗り、その上でキュウキュウ胡弓を鳴らして、わけの解らぬ歌を歌い出す。どうしていいのか、戸惑《とまど》っている私の鼻の先で、何となく支那風の嬌態《コケットリー》をして見せる。

ほとほと当惑していると向うの卓子では、家内と久米君が何か飲んだり食べたりしているらしい。あたりに胡麻のにおいがして、何となくうまそうな気配である。

久米君の指図らしい。何かの皿を私の前へ運んで来た。支那の娘が、さあ食えと云う。

ぺらぺらした掻き餅か煎餅を揚げた様な物で、別にうまそうでもない。これは何だと云うと、娘はよく解る我我の言葉で、御存知ないの、家鴨《あひる》の水掻きよと云う。

そんな物は食い度くもない。君達は変な物を食べるんだね、と云ったら、あらこの唐変木《とうへんぼく》、おいしいの何のって、珍中の珍よと云った。

家鴨が水を游《およ》ぐ時、この膜がなければ水を掻く事が出来ない。大切な力になる物で、そこに何とも云われない味が宿っている。これを知らないか、唐変木と云うのである。

別に無気味でもないから、口に入れて見たら、ただポリポリするだけで、うまくもまずくも、何ともない。

方角違いのケブな麻布の支那料理屋で、残夢のなごりは段段に薄れ掛かって来た。それに連れ、家鴨の水掻きは昔、何日間か台湾へ渡った時、台北で食べた事があるのを思い出す。現実の記憶と夢が縺れ出せば、もうお仕舞である。

もう目をさまそうと、夢の中で思っているらしい。そこへかぶさって来る黒雲の様な物がはびこり、起きる事が出来ない。芝だか麻布だかに、二本榎《にほんえのき》と云う所があって、一度か二度電車でその前を通った事がある。

二本榎の家に猫がいて、頻りに天井近く、鴨居のあたりを飛び廻る。この猫を殺してやろうと考えている内に、その家の主人を殺してしまった。私のした事か、だれかがした事をそう考えたのか判然しないが、その後が大変である。世間の評判になり、刑事が来たり、ルビイの珠を隠したり、持ち出したり、息苦しくなった途端に到頭目がさめたと思った。

## 四

残夢と云う物はこんなもので、起きたつもりの目の裏がまだ熱く、眼の玉の白眼が真赤になっている様な気がする。そこへ又別の人物が出て来る。切りがない。もうよしたいと思う。

亡くなった辰野隆《ゆたか》さんらしい。料理屋で私とお膳を並べている。お座敷から眺められる向うの空を区切って、なだらかな山が見える。あまり高くはないけれど、その真中に富士山の恰好をした小さな峯がある。辰野さんとそこを見ていた。富士山の峯のこちらから見て右手に、傾斜があって、急な斜面で、あすこを辷ったら、あぶないなと思う。そんなに高くはなく、遠い景色でもないが、何となく目が離せない。辰野さんは漢や唐の古事になぞらえて、後庭に菊花をめずるとか、怪しげな事を云う。男色の話であって面白い。向うの小さな富士山の富士びたいもそんな風に見えない事はない。もうしかし夢でくたびれた。早く目をさましたい。峯の中の富士山の隣りの傾斜はどう考えても、足を立てて辷れる斜面ではない。ところがそこを降りて行った。だから必然的に前にのめり、あっと思う。もう駄目だ。冷汗を掻き、やっと本当に目がさめたが、まだ瞼の裏に富士山の形が残っている。

# 日没閉門

近頃はいい工合に玄関へ人が来なくなって難有い。

何年か前から、玄関わきの柱に書き出しておいた、蜀山人の歌とそのパロディー、替え歌の私の作である。

　蜀山人

　世の中に人の来るこそうるさけれ

　とは云うもののお前ではなし

百鬼園

　世の中に人の来るこそうれしけれ

　とは云うもののお前ではなし

葉書大の紙片に墨で書いて柱に貼っておいたが、だれか知らないけれど何時の間にか引っぺがして、持って行ってしまう。被害が頻頻とあるので、又書き直して紙の裏面にべっとりと糊を塗り、剝ぎ取れない様にしておいた。

しかし矢っ張りむしってしまう。持って行く為でなく、そこにそんな事が書いてあるのが気に食わぬのだろうと云う見当がついた。

その歌の隣り、玄関の戸に楷書で面会謝絶の札を貼りつけた。そこ迄やって来た者に会わぬ為には、あらかじめ一筆ことわっておいた方がいい。

何年か前、まだ憚りが水槽装置でなかった時、玄関前で何か云っていると思ったら、待ち兼ねたおわい屋であった。中中来ないのでもう一杯になっており、家の者が横町へ行って見て、艦隊は未だ来たらぬかとうろうろしていた時である。

おわい屋は玄関前の白いみかげ石の上に起ちはだかり、大きな汲み取り用の杓を、弁慶が長刀を突っ立てた様に構えて、どなった。

「もし、もし、ここに面会謝絶と書いてあるが、汲んでもいいのですか」

これは恐れ入った。面会謝絶の書き出しが彼れ氏の癇に触れたらしい。しかし悔い改めて爾後面会謝絶を引っ込めるわけには行かない。そこに現われる人はみんなおわい屋とは限らない。

外敵の侵入に備えるばかりではない。人の来るこそうれしけれ、の気持もあるが、これでもう机の前の仕事は一仕切りと思ったところへ、向うの勝手で時切らずにやって来られては堪らない。そこで門前に「日没閉門」の札を掛けた。有楽町の名札屋に註文し、瀬戸物に墨黒黒と焼き込んで貰った。

春夏秋冬日没閉門

爾後は至急の事でない限り、お敲き下さるな。敲きゃ起きるけれどレコがない、ではなく、敲いても起きませぬぞ。春夏秋冬とことわったのは、日の永い時、短かい時、夕方六時頃であろうと、八時になろうと、暗くなったら、もう入れませぬ。私がその札を掲げた後、旅行で熊本へ廻ったら、熊本城の城門に掲示が出ていた。

日没閉門　熊本城

梅雨の時であったので、上五を附ければ俳句になる。

白映や日没閉門熊本城

それが私の所では一つのトラブルを起こした。すでに閉門時を過ぎ、家のまわりもしんとして来た頃、門のあたりで何か物音がする。おかしなと思ったら、一人の若い男が門扉のわきの柱を攀じ登り、それを足場に玄関前に通ずる前庭へ飛び降りたのであった。

胡散な奴、何者なるぞと誰何《すいか》すれば、「お皿を下げに来ました」と云う。

その晩、九段の花柳地に近い出前の西洋料理屋へ註文して、一品料理を一つ二つ取り寄せた。そのお皿を取りに来たのである。

出前のお皿を下げに来ると云うのは当り前の事であるが、食べ終ったか終らないかにもうやって来た例は、市ケ谷合羽坂にいた当時、時時註文した神楽坂の洋食屋である。馬鹿に早いなと思うけれど、向うの心配は、一晩ほって置けば後はどうなるかわからない。お皿もよかったが、特に銀器が立派だったので、あの辺り花柳街が近いから、お勝手口などでどんな事になるかわからないと案じたのであろう。

門扉を乗り越えて侵入した若い者の店も、九段の花柳界に近い。早いとこお皿を下げておく必要があったのかも知れない。

先年家内が大病で入院し、幸い無事に退院する事が出来た。そのお祝いに、入院中、入院前後に掛けて色色お世話になった諸君と会し、一献しようと思った。前前から度度出前の註文をし、家からも近いその店へ集まって、さて、みんなと一緒に祝杯を挙げようとした。

御馳走の見立てより、先ず一献。外は抜け降りの雨がざあざあ音がしているが、こちらの気持は晴れやかである。

帳場に向かって先ずお銚子をつけてくれと云うと、お神さんが、

「お気の毒さま、私の店ではお酒はお出し致しません。麦酒なら御座いますから、よろしかったらどうぞ」と云った。

気おい込んだ出鼻をくじかれて周章狼狽、今更外の店へ席を変えるわけにも行かず、みんなでどうしようと、ひそひそ話し合っていたら、おやじさんが、

「それではお気持がおさまらないでしょう。おい、あそこで買って来い。銘は何がよろしいのですか」と若い者に命じてくれた。

若い者が暗い雨の音の中へ馳け出して行って、私共は目出度くその席を過ごした。

さて、閉め切った門内に這入って来た若い者は、お勝手口から目当てのお皿を持ち出して、折角ちゃんと締めた門を内から外して出て行った。

黙ってはいられないから、その店へ電話を掛けた。お神さんが出て来た。

「だってまだ八時ではありませんか」

「八時でも外はもう暗いだろう。日没閉門だよ」

「何ですか。こちらは若い者にお皿を下げて来いと云ったのです」

「人の家で門を閉めた後、門を乗り越えて這入って来るのは困る。そんな事を云いつけるの

は無茶だ」

「こちらはお皿を戴いて来なければ困りますので、門が閉まっているかどうか知りません。どう云う札が懸かっているか私の知った事ではありませんから」

「あんたは知らなくても、若い者にははっきり目についた筈だ。あまり無茶な事をされては困る」

「いろいろ六ずかしい事を云われても、お宅へお届けするのは厄介なのです。離れてはいますしね」

距離は遠くないけれど、成る程ついでの多い花柳地とは方角が違う。

「迷惑なら、よそうか」

「そうして戴きましょう」

電話の喧嘩別れで、以来その店の出前を取らない事にしたから、それだけお膳が淋しくなった。

出前のお皿を下げに来た一品料理屋の若い者が、閉め切った門扉の脇の門柱を足がかりにして門内へ飛び込み、見つかってごたごたしたが、見つからなかった君子もいる。

朝起きて見ると、昨夜ちゃんと閉め切って寝た門の扉が、両方へパッと観音開きに開いている。大変妙な景色でびっくりしたが、あたりに何も異状はない。泥坊の訪問だろうと思われる。

その足取りを想見するに、門から続く玄関前の前庭の突き当り、隣りの屋敷と接する万年塀をそっち側から乗り越え、私の所へ這入り込んだのだが、私の家へ来るつもりだったのか、用があったのか目的があったか、それは全くわからない。先ず隣りへ侵入したのだが、そっちは仕事に都合が悪く、しかしもとへ引き返すには何か工合のわるい事があって、犬がいるからそんな事かも知れないが、匆匆《そうそう》に私の所へ這入って来たのかも知れない。

私の所では、内側から門を開けられた以外に何事もないから、そんな事ではないかと思う。しかしそうではなく、何かもくろみがあったのだが、玄関、お勝手口、その他どこも戸締りがちゃんとしていて、がたがたやっても埒があかないので、お帰りになったのかも知れない。

座敷の縁側の雨戸、書斎の窓等に来なかった事は、そちらへ廻るには必ず通らなければならない庭の木戸がその儘になっているところから判断する事が出来る。尤もやって来たとして、そうやすやすとこじ開けられる様なヤワな事はしてない。

それではどう云う事になっているのか、参考の為に語れ、と云われても、防衛上の機密に属する事であるから、こうした公開の紙面の上で漏洩するわけには行かない。

そもそも日没閉門の後の暗い夜はこわい。しかし仕事の都合上、又は昼夜の止むを得ない順序の上から、徹夜するのはしばしばである。机を据えた正面の硝子戸に鍵をかけ、しかしながら向うは素通しで暗い夜をその儘に眺めながら仕事をする。あまり面白くはないし、物騒ではあるが、こうしてこちらで起きているのだから大丈夫だろう。硝子戸にぴったりすれすれに、飛んでもない大きな顔の猫がのぞいたり、小さな半分くらいしかない泥坊が、凄い目をして這入り込もうとしたりする事を考えると、考えなくてもいいと思って止めるけれど、夜の魔がさしているのであれば止むを得ない。

庭は狭いけれど、有り明けの電灯が三基ともしてある。もう一つあるのだが、それはこちらからは見えない。三つの電気はみんな旧式で蛍光灯や水銀灯ではない。しかし、狭いと云っても庭には樹があり、枝がかぶさっている。その下陰が真っ暗ではおちおち寝ても起きてもいられない。そこで光の力は弱くても常灯明《じょうとうみょう》の電気をともしておく。

夜が更けて、次第にしののめが近い。私が向かっている机の向うの空は西だから、すぐに白くはならないが、どこが何と云う事なく、少しずつ薄っすらして来る。電気の色が赤ちゃけて、たより無い感じになる。電気を消す。庭一帯が青くなる。

もう朝である。徹夜して机の前に起きていて、仕事が捗ったとは限らない。朝と共に悔恨を迎える事も多いが、しかしもう仕方がない。この次は昼間に戸を閉めて寝るばかりである。

日没閉門ならば即ち日出開門。家内が開けに行く。開ける前からすでにかつぎ屋が門の外に起って待っている。実におちおち寝てもいられない、いや寝やしない起きていたのだが、かつぎ屋のお神さんは徹夜ではなく寝て来たのだろう。向うの勝手で朝早くやって来て、気に食わない。方方を旅行していた時、京都に近づく前の駅で、別の列車がかつぎ屋専用の特別列車であった。蝗の大群の如くにひしめき合っていて、よそで見た目にも何となく憎らしかった。

うちへ来るかつぎ屋は千葉の在の百姓である。自分の畑の野菜物ばかりでなく、途中沿線の船橋の市場からいろんな物を仕入れて来る。ぼた餅羊羹お煎餅、それから魚介類、小魚などはしょっちゅう持っている。

そう云えば今ははぜ釣りのしゅんである。子供の時、はぜ釣りに行く大人に食っついて行って、はぜなど釣るのは面白くないから、その小舟の中で裸になって寝ていた。秋の烈日で肌を焼き、色が黒くなるつもりであった。

その晩家へ帰ってから高熱を出し、大騒ぎになった。日射病に罹かったのである。はぜ釣りの記憶は私にはそれしかない。

隣り町に父の友人の酒屋があって、そこのおじさんは色が白く、顔が平ったかったが、ひどいびっこであった。昔は何と云ったか知らないけれど、小児麻痺だったのだろう。

父と仲よしだったらしく、一緒によくどこかへ出掛けた。そのおじさんはピストルを持っていた。からだがそんな風だったので、護身用と云うつもりだったのだろう。

父とそのおじさんが、誘い合わせて一緒にはぜ釣りに行った。大川の川口から海に出たところで、おじさんはピストルを発射したと云う。

はぜが水中にいるのをねらったのではあるまい。試射したのだろう。大変な音がしたそうで、同舟の父は胆を潰したらしい。

家に帰ってからその話をすると、年寄りの祖母がおじけを振るった。何と云うあぶない事だろう。水に打ち込んだ弾は、その儘もとの筋を伝って帰って来ると云うではないか。まあ無事でよろしかった。

ピストルは私の旧い友達も持っていた。彼が大阪にいた時だが、当時は珍らしかったセロリに塩をつけて嚙み、ウィスキーを舐めて座右のピストルをひけらかした。お金持だったのでそんな事をしたのだろう。

小児麻痺なら仕方がないし、お金持でも身を護るに必要だったかも知れない。近頃になって遠縁の若い男が警視庁の巡査を拝命し、時時やって来たが、ピストルを持っている。物騒だから、座敷へ持ち込まずに玄関へ置いとけと云った。いじくって見た事もないが、気味が悪い。

今はピストルを持つ事は六ずかしいおきてになっている様だけれど、一梃手許に備えて置いて、徹夜の夜半の硝子戸に擦りついて来る飛んでもない大きな顔の猫や小人の凄い目をした泥坊などの魔物に、一発食らわしてやりたい。

# 解説――『百鬼園随筆』その時分

平山三郎

内田百閒著『百鬼園随筆』という文集の刊行されたのは昭和八年十月である。その時分、著者の名前も聞き馴れないし、書名から察して、むかしの妖怪のことでも書いた随筆集かとわたしは思った。すると、翌月の朝日新聞学芸欄に室生犀星の文芸感想「百鬼園随筆を読む」が載った。

「『百鬼園随筆』は図抜けてみんな旨い、そしてどの小品も面白い、こんな随筆の旨い人は吉村冬彦でもかなわない、天下無敵かも知れない、第一随筆につきものの気取りや知ったか振りや風流がったりしているところは微塵もない、厭味やあくや毒気がない、すっきりしていて中身が一ぱいつまっている。……残念ながら僕等は気障になってこうはあかぬけしたものが書けない。内田百閒というお名前は物々しく面倒くさい人間のように思われるが、これほどの物をかく作者だとは思わなかった。敢ていう、随筆を以ってしたら天下彼の右に出ずる者はあるまいと。」

そして終りに

「こういう随筆を出版する本屋も偉い。しかし装釘は却って紺地をべたに用いないで……。内田氏の本の装釘としてはまだ考える余地もあったろうにと残念であった。だが中身は天下無敵だ。こんなふうに書いても内田さんに会った事もないし出版者等知らない間柄である事を断っておく。」

と、たいへんな褒めようである。その時分、室生犀星といえばすでに文壇の大家で、そのひとが「僕はこの人に学ぼうとさえ思う」といってカブトをぬいだのだから、よほどのことだろう、私はさっそく『百鬼園随筆』を本屋にたのんだが、すでに初版本、芹沢銈介装釘、紺地染布の民芸調の初版本は売切れていた。やがて、フランス仮綴本普及版が手に入った。定価一円。重版につぐ重版で、この仮トジ版もすでに何版目かである。そうして、百鬼園随筆をはじめて手にして、私は夢中になって読み耽った。「百鬼園の魔法文章」とか「煙霞のごとく飄々」という広告の文句もウソではない気がした。その後、『続百鬼園随筆』『無絃琴』『鶴』『凸凹道』とほとんど半年おきに出る新刊文集を待ちかねた。

初期の百鬼園随筆のおもしろさはたとえばこんな風である。

——オビ、エニセイ、レナ、黒龍江、と百鬼園先生は東洋の大河を一息に云うことができる、十五の大河は何何ぞ。しかし、東洋に大河が幾つあるかと云う、幾つでは河の感じがしない。幾本、十五本、東洋に大河が十五本ある、何だかブラ下がってるようでへんだ……。下宿屋の一室で百鬼園氏は河の数のかぞえ方に苦心している。

——百鬼園氏は、何でもちゃんとまッすぐになっていないと面白くない。タバコを吸った客がマッチ箱を元の通りにまッすぐ置いてくれないと、気にかかる。ウラ返しになっていたりすると我慢ができない。マッチを擦ったあとの擦りかすでも、タバコの吸ガラでも灰皿の中に頭を同じ方向にむけて列んでいないと困る。訪客の捨てたタバコの吸殻の向きを直すのは随分やりにくいが、相手のスキをねらって、必ず置き直す。タバコだけではなく、物のウラオモテが揃わなければいけない。金入れの中の銀貨、銅貨はかならず表は表に揃えて入れておく。月給をうけとると、さっそく袋の中の紙幣をとり出してウラオモテと向きとを揃える。人が見たら、お札《さつ》の勘定をしていると思うか知れない。だが、自分だけ揃えても、人が無茶苦茶な向きになったお札を無神経に紙入れの中に入れていると思うと、自分のふところの中まで変にくすぐったいようで落ちつけない。しかし人の紙入れの中のお札を揃えることはむずかしい。親しい友人に、わけを話して揃えてやった、と云うよりは、揃えさせて貰ったことが二三度あるけれども、相手はけっして喜ばなかったというのである。

——歳末の借金取りを前にして百鬼園氏はつらつら考える。今、買いたい物が自分にあるわけでもなく、旅行をしようとも思っていない、べつにお金がいる事はない。いるのは借金取りにはらうお金ばかりである、その借金取りに払う金をこしらえるために、借金して廻るのは、二重の手間だ。むしろ借金を払わない方が目的に適《かな》っている。大晦日の夜になって、目の色かえてとび廻っている人達は、そこに気がつかないらしい。どこかでお金を取って来て、どこかから取りに来た者に渡してやるために、あんなに夢中になって駆けまわっている、気の毒なことだ、しかし気がつかぬのだから止むを得ない。と百鬼園先生は借金の絶対境にひたりながら除夜の鐘を数えるのである。

＊　＊

その時分の「百鬼園随筆」の斬新なおもしろさを要約してひとにつたえるのはむずかしいのだが、百鬼園随筆はただ単純に面白いだけの文集ではなかった。少年の頃「文章世界」に投稿して優等入選した写生文とか、「琥珀」「鶏鳴」「長春香」「明石の漱石先生」「湖南の扇」のような少年時の回想や故人のしみじみとした追憶があった。また、そのあいだに無気味な夢物語も出て来たりした。随筆文集のあいだに小説集『冥途』と『旅順入城式』が刊行されたので、姿勢を正す様な気持で読んだけれども、その時分のわたしには、うす気味のわるい夢のあとを辿ってうなされるような思いが残るだけだった。

昭和十四年三月、東宝映画で古川ロッパ、丸山定夫、高峰秀子ら出演で映画「頰白先生」が製作され日本劇場で封切上映された。翌月、やはり緑波《ロッパ》一座の有楽座公演が「百鬼園先生」全五景を上演した。この頃、文芸作品を原作にしたいわゆる文芸映画がはやりだった。気になるから映画も芝居も観に行った。映画のタイトルに「原作　内田百閒随筆」とあるので胸をおどらせた。自分がひそかに傾倒している文芸作品が喜劇的に俗化されるのが心配だったのかも知れない。やはり、映画も演劇も、わたしを失望させただけだった。

映画と演劇化にあわせて、その原作とおもわれる一連の随筆をあつめて、文集「頰白先生と百鬼園先生」がいちはやく刊行された。その広告文に曰く「映画や劇で、頰白先生と百鬼園先生を見た人は、その飄々たる風貌がとてもなつかしいと云う、更に原作を読めばこの人独特の皮肉な滑稽さが身近に迫って来て、気弱な微笑の陰にひらめく眼の色にも更に親しみを覚えるであろう」……。

この本には著者の序文がついている。要約すると、——私の作物から取材した芝居や映画が出来て、これを機縁に読者のふえる事を念ずる。だが、これまでの作品で私は「文章」を書いたのであって物語の筋を伝えようとしたのではないつもりである。脚色家の労苦と好意には感謝するが、同時に「作者トシテ自省ス可キ点ガアルト思ワレル。ツマリ私ノ文章ガ未熟デアル為ニ後デオリガ溜マリ或ハシコリガ出来テ、ソウ云ウトコロガ人人ノ話ノ種ニナルノデハナイカ。モット上達スレバ私ノ文章モ透明トナリ、何ノ滓モ残ラヌデアロウ。ソウナレバ芝居ヤ映画ニナル筈ガナイ。今日ノ事ハ私ノ文章道ノ修業ノ半バニ起コッタ一ツノ戒メデアルト考エラレル。読者ガ私ノ文章ヲ読ム以外ニハ捕エル事ガ出来ナイト云ウ純粋文章ノ境地ニ到達スル様一層勉強スルツモリデアル。」……(後略)

「文章道の修業」とか「純粋文章の境地」ということばは初期の百鬼園随筆を読んでいると時おり見かける言葉だが、このときも、なるほど百閒文章道とはそういうむずかしいものかとわたしなりに納得したものである。

同じ年の四月、百鬼園先生は日本郵船会社の嘱託になった。辰野隆博士の推挙によるものだそうで、会社の立案文書の添刪がしごとだという。「文章指南」ということで会社の嘱託になるのは初めてのことらしい。なにしろ法政大学騒動(昭和八年暮)以来、学校の教師をやめて文筆生活がつづき、急にNYK(日本郵船)という世界に冠たる大会社に招へいされたのだから先ず身なりから整えなければいけないというので、それまでの文覚上人の如き蓬髪をくりくり坊主の丸刈にし、ヒゲを立てた。出勤第一日は、新調したキッドの深ゴム靴に、フロックコートを着用、ネズミ色の手袋をはめて籐のステッキ、そして山高帽子をかむるという正式装に威儀を正して、丸ノ内のビルで最も豪華といわれる日本郵船ビル本社の正門、大理石の階段を上がって行ったというのである。

それから終戦の年まで百閒先生はNYKの六階の六四三号室、ひとが冗談に無資産《ムシサン》と呼び、自分では夢獅山房と称した「内田嘱託室」で水曜と日曜を除く毎日を過ごした。重役室のように大きな室の真中に机をすえて、香を焚き、壁にはった拓本「南山壽」を所在なく眺めているという随筆をどこかで読んだ。私はその時分（昭和十六年）、国鉄本社で全国職員のための社内報雑誌「大和《たいわ》」を編輯していた。その雑誌に「百鬼園随筆」を掲載したいと思い立ったのはむろん私だが、原稿を御願いするために、目と鼻のさきにある郵船ビルを訪ねるのがおそろしい気がした。話に聞くと非常に気むずかしいひとで、初対面の者にはめったなことにくちも利かないという噂である。若い編輯者はおじ気づいた。駅前広場を横切って丸ビルまではしょっ中行くのだが、その隣りの郵船本社の建物はべつな空気の気配がする。私はなん度かためらったすえ、或る日、勇を鼓して郵船ビルの古風な玄関を這入って行った。十七年の春さきのこととおぼえている。

小説集と阿房列車などを除いて随筆文集だけ数えると三十三冊ほどの著書があり、その刊行年代は四十年にわたっているので、そのなかから「内田百閒」選集を輯めるのはむずかしいことだった。ここには晩年の文章を輯めた。以下すこしばかり註を加えると——

＊　＊

「昼はひねもす」第二章——須井先生の自叙伝出版記念会というのは、ドイツ文学の吹田順助博士の自伝「旅人の夜の歌」上木記念会が昭和三十四年春、一ッ橋学士会館で催されたのである。かぎ屋主人は清水友吉、一昨年急逝した。吹田先生も、百閒先生も、酒店鍵屋の雰囲気を愛した。

「ネコロマンチシズム」——「年譜」にもとくに誌しておいたように家猫ノラの失踪は昭和三十二年三月の出来事で、百鬼園日常をかき乱し、精根をすりへらしたのである。ノラ失踪のてんまつは文集『ノラや』に詳しい。(同書単行本は文藝春秋社刊行。現在は中公文庫に収録)

「偶像破壊」の、仙台二高に赴任した「彼」は益田国基(故人)。仙台に近い石巻に出掛けていった「石巻行」というのは昭和十年代の小篇「曾遊」「おかる」（昭十年刊・文集『無絃琴』『有頂天』所収）を云う。

「アジンコート」——長野初のことを書いた「長春香」（昭十年『鶴』所収）ほかに「塔の雀」「入道雲」（昭十二年『北溟』所収）などがある。むかしからの百鬼園読者にはなつかしい。長野初を紹介した「私の先輩」は法政大学の野上豊一郎氏である。

「鬼園雑纂」——宮城道雄の随筆（口述筆記か点字タイプライタァ）の原稿はすべて発表前に百閒が目を通していた。

「雷」——戦後すぐＧＨＱに呼ばれて東京空襲時の経験と恐ろしさについて訊かれた話は「爆撃調査団」でも書かれている。「画家が同じ富士山を何度でも描くのと同じことで、同じものを対象にすると段だんむずかしくなる」と語っている。

「駅の歩廊の見える窓」——四章以下を都合でこの文集では除いた。

「車窓の稲光り」——阿房列車の旅は元気で全国を気ままに旅した紀行だが、足腰の不自由になった晩年までその時分をなつかしく回想した。

「日没閉門」は昭和四十三年十月、新聞連載の小篇だが、その後の文集『麗らかや』『夜明けの稲妻』『残夢三昧』の中に収録しないで四十六年四月に刊行した『日没閉門』という文集の巻頭に収録した。書名にしたいためであったが、その『日没閉門』がさいごの文集になってしまった。この文集の見返しには家紋ケンカタバミが入っている。日没閉門出来の前日、四月二十日夕刻、百鬼園先生は永眠した。枕元のグラスに半分飲み残したシャムパンが置かれてあった。

# 内田百閒略年譜

**一八八九年(明治二十二年)**　五月二十九日午前十一時頃、岡山県岡山市古京町一丁目一四五番地で、父久吉、母峯の長男として生れる。古京町の生家は、造り酒屋・志保屋。先代の祖父・栄造の名を継いで栄造と命名される。

**一八九五年(明治二十八年)　六歳**　岡山市立環翠尋常小学校入学。

**一八九九年(明治三十二年)　十歳**　岡山高等小学校入学(尋常小学校四年、高等小学校四年制)。

**一九〇二年(明治三十五年)　十三歳**　四月、県立岡山中学校(現在岡山朝日高等学校)入学。

**一九〇五年(明治三十八年)　十六歳**　八月三十日、岡山郊外の仏心寺にて療養中の父久吉死去。酒造業志保屋倒産。十月、『吾輩は猫である』上巻を読み、夏目漱石に傾倒する。塩見筆之都勾当、池上伊之検校について琴を習う。

**一九〇六年(明治三十九年)　十七歳**　博文館発行「中学世界」に「雄神雌神」を投稿し、入賞。「文章世界」文叢欄に、内田流石の筆名で「乞食」を投稿、優等入選。

**一九〇七年(明治四十年)　十八歳**　三月、岡山中学校卒業。九月、岡山第六高等学校に入学。

**一九〇八年(明治四十一年)　十九歳**　志田義秀(素琴)が六高へ赴任、俳句熱が高まり、百間川によって俳号を百間とした。校友会誌に写生文「老猫」を掲載する。

**一九〇九年(明治四十二年)　二十歳**　「老猫」を漱石の許に送り、批評を乞い、漱石から返信を得る。

**一九一〇年(明治四十三年)　二十一歳**　七月、第六高等学校卒業(第八回卒業、一部丙)。九月半ば過ぎて上京。東京帝国大学文科大学に入学。文学科独逸文学を専攻。

**一九一一年(明治四十四年)　二十二歳**　二月、東京内幸町の長与胃腸病院に静養中の漱石を訪ねる。

**一九一二年(明治四十五年・大正元年)　二十三歳**　九月、岡山時代の親友堀野寛の妹清子と、岡山の内田宅にて婚儀。

**一九一三年(大正二年)　二十四歳**　一月、岡山にて長男久吉生れる。漱石の著作物の校正に従う。

**一九一四年(大正三年)　二十五歳**　五月、長女多美野生れる。七月、大学卒業。

**一九一五年(大正四年)　二十六歳**　祖母、母、養育中であった久吉をつれて上京。十二月、漱石山房で、芥川龍之介、久米正雄を知る。

**一九一六年(大正五年)　二十七歳**　一月、陸軍士官学校独逸語学教授に任官。三月、「陸軍教授叙高等官八等補陸軍士官学校附」となる。十二月九日、夏目漱石没。

**一九一七年（大正六年）二十八歳**　『漱石全集』（岩波書店刊）編纂・校閲。漱石の仮名遣いを統一のため、「漱石全集校正文法」を作成した。八月、二男唐助生れる。

**一九一八年（大正七年）二十九歳**　四月、芥川の推輓で海軍機関学校独逸語学兼務教官を嘱託される。

**一九二〇年（大正九年）三十一歳**　四月、新大学令施行。法政大学教授として独逸語部を担当。学長・松室致。予科長・野上豊一郎。宮城道雄に箏の稽古を受ける。以後、宮城道雄との親交が続く。十月、寵愛を受けた祖母・竹死去。

**一九二一年（大正十年）三十二歳**　十月、二女美野生れる。

**一九二二年（大正十一年）三十三歳**　二月、創作集『冥途』を稲門堂書店より刊行。

**一九二三年（大正十二年）三十四歳**　陸軍士官学校から、陸軍砲工学校附陸軍教授に転任。九月一日、関東大震災のため『冥途』の印刷紙型その他を焼失。横須賀海軍機関学校焼失のため、三十日附で嘱託解任。

**一九二四年（大正十三年）三十五歳**　十月、三女菊美生れる。

**一九二五年（大正十四年）三十六歳**　陸軍教授を辞任。債鬼に追われ、都電早稲田終点に近い下宿屋早稲田ホテルの仕事場に逃亡する。

**一九二七年（昭和二年）三十八歳**　陸軍砲工学校教授依願免本官。七月二十四日、芥川龍之介、自決。

**一九二九年（昭和四年）四十歳**　春、早稲田ホテルを出て佐藤こひ（明治四十年生れ）と同居する。

**一九三三年（昭和八年）四十四歳**　十月、『百鬼園随筆』を三笠書房から刊行。

**一九三四年（昭和九年）四十五歳**　一月、『冥途』再刷版を三笠書房から刊行。二月、第二創作集『旅順入城式』を岩波書店から刊行。五月、『続百鬼園随筆』を三笠書房から刊行。お伽噺集、谷中安規版画挿絵『王様の背中』を楽浪書院から刊行。いわゆる法政騒動のため法政大学教授を辞任。

**一九三五年（昭和十年）四十六歳**　八月十七日、小石川の本宅にて、母峯死去。

**一九三六年（昭和十一年）四十七歳**　三月十七日、長男久吉二十三歳にて没。五月、三女菊美は幼時から清子の実家堀野家で養育されていたが、清子の兄義丈の養女として入籍。

**一九三九年（昭和十四年）五十歳**　四月二十四日、辰野隆の

推輓により、日本郵船株式会社嘱託となる。水曜日を除き毎日出社。

**一九四二年(昭和十七年) 五十三歳** 徳富蘇峰を会長として「日本文学報国会」が結成され、ほとんどの文学者が加入したが、百閒は入会を拒否する。

**一九四三年(昭和十八年) 五十四歳** 東亜交通公社嘱託(昭和二十年夏まで)。

**一九四四年(昭和十九年) 五十五歳** 日本放送協会嘱託(昭和二十年夏まで)。

**一九四五年(昭和二十年) 五十六歳** 五月二十六日未明の東京空襲で麴町五番町の居宅焼失、隣の松木邸内の掘立小屋に移り住む。八月十五日終戦。十一月末日、日本郵船嘱託解嘱。

**一九四八年(昭和二十三年) 五十九歳** 五月、三年間の小屋住まいから、「錬金術」によって、三畳間が横並びに一列の間取りのいわゆる「三畳御殿」の新居に移る。

**一九四九年(昭和二十四年) 六十歳** 五月二十九日、還暦。

**一九五〇年(昭和二十五年) 六十一歳** 五月二十九日、誕生日の祝宴第一回摩阿陀会開催。以後、毎年開催。

**一九五二年(昭和二十七年) 六十三歳** 一月、東京ステーションホテルにて、御慶ノ会を開催。以後、毎年開催。


六月、『阿房列車』を三笠書房から刊行。

**一九五四年(昭和二十九年) 六十五歳** 春、三畳の離れと池からなる「禁客寺」を建てる。

**一九五七年(昭和三十二年) 六十八歳** 三月、家猫ノラ失踪。十二月、『ノラや』を文藝春秋新社から刊行。

**一九六四年(昭和三十九年) 七十五歳** 六月二十六日、杉並区方南町で二男唐助一家と同居中の妻清子没。享年七十一。

**一九六五年(昭和四十年) 七十六歳** 佐藤こひとの婚姻届。

**一九六七年(昭和四十二年) 七十八歳** 十二月、芸術院会員を辞退する。

**一九七一年(昭和四十六年)** 四月、『日没閉門』を新潮社から刊行。四月二十日夕五時二十分、急逝(満八十一歳十ヶ月)。二十四日、金剛寺(東京都中野区上高田四‐九‐八)において葬儀、告別式。覚絃院殿随翁栄道居士。

**一九七二年(昭和四十七年)** 四月二十日、一周忌にあたり、生前の故人の遺志により、郷里岡山の菩提寺・岡山寺(岡山市磨屋町)の墓地に、遺族・親族によって墓碑建立(後に岡山市国富の安住院墓地に移転)。


(作成:佐藤聖)

[著者] 内田百閒(うちだ・ひゃっけん)

1889年、岡山県岡山市生まれ。本名栄造。別号に百鬼園など。東京帝国大学文科大学在学中から夏目漱石の門下に入る。陸軍士官学校、海軍機関学校、法政大学などで教官を務め、ドイツ語を教えた。1922年、創作集『冥途』を初出版。小説・随筆の分野で活躍した。71年歿。その他の主な著書に『百鬼園随筆』『旅順入城式』『阿房列車』『ノラや』。

[編者] 平山三郎(ひらやま・さぶろう)

1917年、東京生まれ。法政大学文学部日本文学科卒。32年、鉄道省東京鉄道局に就職。運輸省誌『大和』、日本国有鉄道誌『國鐵』の編纂に従事。50年から55年頃、内田百閒の阿房列車に同乗。71年より『内田百閒全集』の編集・校訂にあたる。2000年歿。主な著書に『百鬼園先生雑記帳』『実歴阿房列車先生』『詩琴酒の人』『わが百鬼園先生』。

平凡社ライブラリー 916

内田《うちだ》百閒《ひゃっけん》随筆《ずいひつ》集《しゅう》

発行日…………2021年6月10日　初版第1刷

著者……………内田百閒
編者……………平山三郎
発行者…………下中美都
発行所…………株式会社平凡社
〒101-0051　東京都千代田区神田神保町3-29
電話　(03)3230-6579[編集]
(03)3230-6573[営業]
振替　00180-0-29639

印刷・製本……中央精版印刷株式会社
DTP…………平凡社制作
装幀……………中垣信夫


Printed in Japan
ISBN978-4-582-76916-6
NDC分類番号914.6　B6変型判(16.0cm)　総ページ224

平凡社ホームページ　https://www.heibonsha.co.jp/

落丁・乱丁本のお取り替えは小社読者サービス係まで
直接お送りください(送料、小社負担)。